나를 위한 순간

지치고 힘들 때 읽는 성자 우화 100선

| 이정순 | 엮음

엮은이 이정순

이정순 시인은 인향문단 수석 편집위원과 도서출판 그림책 편집위원으로 활동하고 있습니다. "금비나무 레코드가게" 등 많은 도서를 기획하고 편집하였습니다.

이정순 시인이 정성스럽게 선정하여 [지치고 힘들 때 읽는 명시 100선 "지금 이순간"]과 [지치고 힘들 때 읽는 지혜 한줄 100선 "가장 행복한 순간"]을 출판하였고 이 시리즈의 세번째 책인 [지치고 힘들 때 읽는 성자 우화 100선 "나를 위한 순간"]을 세상에 내놓았습니다.

[지치고 힘들 때 읽는 100선] 시리즈는 글 한 편 한 편을 정성스럽게 선정하였습니다. 이 시리즈는 행복한 삶을 꿈꾸는 사람들에게 소중한 선물이 될 것입니다.

나를 위한 순간

지치고 힘들 때 읽는 성자 우화 100선

지치고 힘들 때 읽는 성자 우화 100선
– 나를 위한 순간을 펴내며

나의 눈에는 보이지 않지만 나를 이 세상에 존재하게 하는 것들이 있습니다. 보이지 않으나 나는 공기를 호흡하고, 보이지 않지만 나는 사랑하고, 보이지 않지만 나는 우정을 믿으며 이 세상에 존재하고 있습니다.

우리에게 눈에 보이는 것들도 중요하지만 어쩌면 눈에 보이지 않는 이런 것들이 그 어떤 것들보다도 소중한 존재들입니다. 이것들은 나를 이 세상에서 나답게 만들어주는 중요한 재료들입니다.

이런 중요한 재료는 어디에 있을까요? 바로 나의 마음속에 있습니다. 그럼 마음의 밭을 살찌게 하는 양식은 무엇입니까? 그것은 여러 가지가 있지만 인류역사상 중요하게 여긴 도구는 책입니다.

여기에 빛나는 책이 있습니다. 그리고 이 책 안에는 나를 되돌아 볼 수 있는 이야기가 있습니다. 내가 이 책 안에 있는 삶의 교훈들을 나의 것으로 만들 때 나의 삶도 빛날 것입니다.

정성스럽게 선정하여 [지치고 힘들 때 읽는 명시 100선 "지금 이순간"]과 [지치고 힘들 때 읽는 지혜 한줄 100선 "가장 행복한 순간"]을 출판하였고 이 시리즈의 세번째 책인 [지치고 힘들 때 읽는 성자 우화 "나를 위한 순간"]을 세상에 내놓았습니다.

지치고 힘들 때 읽는 성자 우화 - 나를 위한 순간은 사람들에게 희망을 주면서 삶의 지혜를 주는 우화 100편을 모았습니다. 인생의 경험과 지혜가 녹아 있는 이 글들을 통해 인생의 나침반을 마련할 수 있을 것입니다.

이 작은 한 권의 책에는 우리가 살아가는 데에 필요한 보석 같은 인생의 지혜를 담고 있으며 그리고 이 책은 지금 이 순간이 가장 행복한 순간이며 나를 위한 순간이 될 수 있도록 삶의 작은 마법을 선물할 것입니다.

이 시리즈는 행복한 삶을 꿈꾸는 사람들에게 소중한 선물이 될 것입니다. 지금 이 순간이 가장 행복한 순간이며 나를 위한 순간이 될 수 있다는 바람으로 지금 이 순간과 가장 행복한 순간에 이어 나를 위한 순간을 세상에 펴냅니다.

지금 이순간이
가장 행복한 순간이며
나를 위한 순간입니다

나를 위한 순간 － 지치고 힘들 때 읽는 성자 우화 100선

CONTENTS

나를 위한 순간

지치고 힘들 때 읽는 성자 우화 100선

모두 다 다른 이유는?

새벽녘 길가에서 고요한 명상에 잠겨 있는 성자가 있었다.

밤새 술을 마신 술꾼이 비틀거리는 걸음으로 성자 곁을 지나가며 말했다.

"정신 좀 차리게나, 아무리 술을 퍼 마셨어도 길에서 잠들면 쓰냐? 나는 밤새도록 술을 퍼 마셨어도 이렇게 걷는 걸 보면 난 당신보다 훌륭한 술꾼이 틀림없어."

술꾼은 성자를 술에 취한 술꾼으로 보았다.

잠시 후 도둑이 성자 곁을 지나가며 말했다.

"아무리 간밤에 많은 집을 털었다고 여기서 이러고 있으면 어떡해? 곧 날이 밝으면 경찰이 순찰을 돌 시간이야. 빨리 도망가도록 하게."

도둑은 성자를 도둑으로 보았다.

동이 틀 무렵 순례를 마치고 돌아오던 어떤 수도승이 명상에 잠긴 성자 곁을 지나게 되었다. 그 수도승은 아무 말 없이 걸음을 멈추고 성자 옆에 앉아 그 성자처럼 깊은 명상에 들었다.

수도승만이 성자를 성자로 보았다.

다른 사람의 탓?

동굴 속에서 수행을 하던 세 명의 수도승이 일주일 동안 말을 하지 않는
수행을 하기로 했다.

그날 저녁 켜둔 촛불이 꺼지려 하자 한 수도승이 말했다.

"이런, 촛불이 꺼지려 하는군!"

다른 수도승이 말했다.

"묵언을 약속했잖아!"

그러자 남은 수도승이 이렇게 말했다.

"너희들은 약속을 어겼어. 내가 이긴 거야!"

돼지의 삶은?

어느 날 명상하는 성자의 눈앞에 내세가 섬광처럼 지나갔다. 성자는 곧 제자를 불렀다.

"난 곧 죽어서 돼지로 환생한다네. 저기 마당에서 쓰레기를 뒤지는 암 돼지의 네 번째 새끼로 태어날 거야. 이마에 표시가 있어서 금세 알아볼 걸세. 내가 나오면 날카로운 칼로 죽여주게나. 돼지로 살고 싶진 않네."

제자는 슬펐지만 그러마고 대답했다. 곧 성자는 죽고 돼지는 새끼를 낳았다. 과연 네 번째로 나온 새끼돼지의 이마에는 붉은 줄이 그어져 있었다. 며칠 후 제자가 새끼돼지를 죽이려는 찰나에 갑자기 외마디 소리가 들렸다.

"잠깐, 날 죽이지 말게!"

새끼돼지는 깜짝 놀란 제자에게 말을 이었다.

"날 내버려두게. 자네에게 부탁할 때는 돼지의 삶을 몰랐어. 막상 돼지가 되어보니 아주 좋네. 그냥 돼지로 살 테야."

내가 가진 것은?

한 수도승이 낯선 도시를 지나가는데 많은 사람들이 몰려들어 욕을 퍼부었다. 그러나 그 수도승은 아무런 표정도 없이 다만 그들을 위해 기도할 뿐이었다. 어떤 사람이 이상하게 생각하고 수도승에게 물었다.

"저들이 당신에게 저토록 심한 욕을 퍼붓는데도 그들을 위해 기도하다니 당신은 어찌된 사람입니까?"

수도승이 담담하게 대답했다.

"내가 갖고 있는 것을 줄 뿐이오. 내게는 분노가 없으니, 나는 저들에게 분노를 줄 수가 없소 그런데 마침 내게 약간의 자비가 있으므로 나는 그것을 저들에게 나누어주고 가는 것뿐이라오."

천국과 지옥

어떤 사람이 성자에게 물었다.

"천국과 지옥은 어디에 있습니까?"

성자가 대답했다.

"나는 아무것도 말할 수가 없다. 그것은 전적으로 네 자신에게 달려 있기 때문이다."

그 사람은 어리둥절했다. 어떻게 천국과 지옥이 나처럼 가엾은 한 인간에게 달려 있을 수 있단 말인가?

계속해서 성자가 말했다.

"천국이나 지옥은 존재하지 않는다. 깨어 있는 사람의 자리가 천국이고 깨어 있지 못한 사람의 자리가 지옥이다."

준비는 작심

두 수도승이 있었는데, 한 수도승은 가난하고 한 수도승은 부자였다. 어느 날 가난한 수도승이 부자 수도승에게 말했다.

"깨달음을 얻기 위해 남해로 가려는데, 어떻게 생각하십니까?"

부자 수도승이 이렇게 말했다.

"무슨 힘으로 자네가 그 먼 곳을 다녀온다는 건가?"

가난한 수도승이 이렇게 말했다.

"물병 하나와 바랑 하나면 충분합니다."

그러자 부자 수도승은 말했다.

"나도 벌써 몇 년째, 배를 한 척 사가지고 남해로 가려고 벼르고 있네만, 아직도 준비할 것이 많아서 못 가고 있네. 아무것도 없는 자네가 어떻게 그곳에 가 볼는지 모르겠구먼!"

그 다음해에 가난한 수도승은 작년과 같은 모습으로 남해에서 돌아와서, 그 동안 겪은 이야기를 부자 수도승에게 했다. 이야기를 다 듣고 난 부자 수도승은 부끄러움을 감추지 못했다.

어떻게 살 것인가?

살아가면서 하는 일마다 실패만 거듭하여 죽기를 결심한 젊은이가 마지막으로 그 이유를 알고 싶어 성자를 찾아가 물었다.

"제 인생은 실패의 연속이었습니다. 그 이유가 뭔지 알고 싶어서 이렇게 찾아왔습니다."

젊은이가 속으로 죽을 결심을 하고 있는 것을 단번에 간파한 성자는 대답대신 다짜고짜 젊은이의 목을 움켜쥐고 세게 조였다. 젊은이가 숨이 막혀 죽을 지경에 이르자 성자는 그때에서야 젊은이의 목을 조였던 손을 놓았다.

"왜 이러시는 것입니까?"

젊은이가 성자의 갑작스런 행동에 화를 내며 묻자 성자가 대답했다.

"지금의 그 마음으로 세상을 살아가게나. 죽고 싶지 않다는 강렬한 삶의 애착으로 이 세상을 살아가라는 말일세. 지금까지 자네가 실패만 거듭한 까닭은 무슨 일을 하든지 그토록 간절하게 원하지 않았기 때문이라네. 자네가 뜻하는 바를 지금처럼, 죽음 앞에서 간절하게 삶을 원하는 것처럼, 그렇게 간절한 마음으로 노력하고 애쓰게나. 세상에 쉽게 이루어지는 일은 하나도 없는 법이라네."

세상에서 가장 중요한 일

진리를 깨닫기 위해 늦은 밤까지 경전을 읽고, 깨달음에 이른 사람의 소문을 들으면 그 즉시 찾아가서 묻기를 일삼는 한 남자가 있었다. 그러던 어느 날, 그는 크게 깨우친 사람이 이웃 마을에 왔다는 소문을 듣고 집안일을 팽개치고 이웃 마을로 갔다. 깨우친 자를 만난 그가 물었다.

"이 세상에서 제일 중요한 일은 무엇입니까?"

그러자 깨우친 자가 일어나 밖으로 나가며 말했다.

"화장실 좀 다녀오겠네."

지나친 시기심

한 스승을 섬기는 두 제자가 있었다. 두 제자는 서로 간에 경쟁심이 생겨 매일같이 스승에게 잘 보이려고 노력했다. 스승의 밥상을 서로 들고 가려고 밀고 당기다가 밥상을 엎기도 하고, 스승이 외출하려면 나들이옷을 서로 챙기려다가 밎어놓기도 다반사였다. 그러던 어느 날, 스승이 낮잠을 자며 두 제자에게 다리 하나씩을 주무르라고 했다. 처음에 두 제자는 자신이 맡은 다리를 정성껏 주무르는 데 여념이 없었지만 시간이 갈수록 서로에 대한 적대감이 노골적으로 드러났다.

결국 이성을 잃은 한 제자가 다른 제자가 주무르고 있는 스승의 다리를 방망이로 힘껏 내리쳐 스승의 발목을 으스르뜨렸다. 그러자 다른 제자도 이에 질세라 스승의 성한 다리마저 목침으로 힘껏 내리쳐 다리를 부러뜨리고 말았다.

참다운 가르침

한 수도승 밑에서 많은 제자들이 공부를 하고 있었다. 그들 가운데 한 제자가 밤중만 되면 몰래 담을 넘어 마을로 내려가 한 여인과 사랑을 속삭이다 돌아왔다. 하루는 수도승이 밤늦게 산책을 하다가 우연히 한 제자가 담을 넘어가는 것을 보았다. 저렇게 높은 담을 어떻게 넘어갈 수 있을까 싶어 담 아래로 가보니 커다란 발판이 놓여 있었다. 수도승은 발판을 치우고 그 자리에 가만히 서서 제자가 돌아오기를 기다렸다. 마을에 내려갔던 제자는 늘 그랬듯이 발판을 밟고 담장을 넘어 뜰로 내려왔다. 그러나 그것은 발판이 아니라 스승의 머리였다. 제자는 까무러치듯 놀랐다. 수도승이 말했다.

"이른 새벽에는 공기가 차다. 감기 들지 않도록 조심해야 한다."
그 제자는 다시 담을 넘는 일이 없었다.

생명의 무게

어느 날 위대한 성자가 바위에 앉아 명상을 하고 있었다. 그 때 비둘기 한 마리가 날아와 성자에게 살려달라고 애원을 했다. 성자가 그 까닭을 묻자, 굶주린 여우가 자기를 잡아먹기 위해 쫓아오고 있다고 했다. 이를 가엾이 여긴 성자는 비둘기를 가슴에 품어 숨겨주었다. 곧이어 여우가 달려와 성자에게 비둘기를 보지 못했느냐고 물었다. 비둘기는 왜 찾느냐고 묻자, 여우는 며칠째 주린 자신의 배를 채우기 위해 비둘기를 먹어야겠다고 했다. 그래도 남의 생명을 해쳐서야 되겠느냐고 타일렀다. 그러자 여우가 말하였다.

"성자님은 비둘기가 죽는 것은 가엾고, 내가 굶어 죽는 것은 가엾지 않느냐"

이렇게 대들자. 듣고 보니 그도 그렇다 싶은 성자는 여우에게 비둘기 살만큼 자신의 살을 베어주기로 했다. 여우는 비둘기의 살보다 조금도 모자라선 안 된다며 저울을 가져왔다. 저울 한쪽에 비둘기를 올려놓고 난 뒤에 성자는 자신의 허벅지 살을 베어 한 편에 올려놓았다. 그래도 저울 눈금은 변화가 없었다. 다시 팔을 베어 얹고, 다리를 베어 얹었지만 저울 눈금은 같아지지 않았다. 별 수 없이 성자 자신이 저울대로 올라가자, 이번에야 저울 눈금은 비둘기와 똑같아졌다.

스님이 웃는 뜻

화창한 봄날, 어느 절에 한 젊은이가 마당을 거닐고 있는 스님을 만났다. 젊은이와 눈이 마주치자 스님은 생긋 웃었다. 순간 그 젊은이는 매우 심각해졌다.

"스님이 웃으시는 데는 필시 깊은 뜻이 있으려니, 무슨 뜻이실까?"

이런 생각에서였다. 마침 그때 그 곳을 지나던 한 동자가 스님이 웃으시는걸 보고는 따라 웃었다. 그걸 본 젊은이는 '틀림없이 무슨 깊은 생각을 주고받는 것일 거다'하여 마음은 더욱 착잡해 졌다. 궁리에 궁리를 했으나 머리만 아파오고 도저히 더 견딜 수가 없어 마침내 스님을 찾아갔다. 자초지종을 말씀드리고 사유를 물었다. 이에 스님은 학장대소를 하며 말했다.

"날이 화창하게 웃으니 어찌 따라 웃지 않을 수 있으며, 어른이 기뻐 웃는데 어찌 웃지 않을 아이가 있겠는가. 구함이 많은 자 궁리가 많고, 궁리가 많은 자 한 시도 마음 편할 날이 없어 온 세상이 웃는데 홀로 통곡하느니라."

물 한 모금의 지혜

어느 날 한 부인이 유명한 수도승을 찾아왔다. 그 부인은 신경질적이 남편을 더 이상 참을 수 없다며 불평을 털어놓고는 가정이 다시 평화로울 수 있도록 방법을 가르쳐 달라고 했다. 수도승이 말했다.

"저기 우물로 가시오. 내가 우물물을 퍼주라고 했다고 문지기에게 말하시오. 그리고 남편이 집에 돌아오거든 부인은 그 물을 한 모금 입에 넣으시오. 단, 삼키지 않도록 조심해야 하오. 그렇게 하면 반드시 놀라운 일이 생길 겁니다."

그 부인은 수도승이 지시한 대로 했다.

남편은 저녁에 집에 들어오자마자 으레 악담과 불평을 늘어놓기 시작했다. 부인은 즉시 그 기적의 물을 입 안에 머금고 새어나오지 않도록 입술을 꼭 다물었다. 그랬더니 아닌 게 아니라 남편이 곧 조용해지는 것이 아닌가! 그래서 그날은 불화 없이 평화로이 지나갔다.

부인은 그 비결을 여러 번 사용해 보았고 그때마다 효과는 만점이었다. 그렇게 해서 남편은 서서히 변하기 시작했다. 그는 부인의 말에 사랑스럽게 대꾸해 주었으며, 부인의 인내와 고상함을 칭찬하기까지 했다.

부인은 남편이 달라진 데 대해 매우 만족하고는 수도승을 찾아가 감사의 뜻을 전했다. 수도승은 부드럽게 웃으며 말했다.

"기적을 일으킨 것은 우물의 물이 아니었소. 전에는 당신의 말대꾸가 남편을 짜증나게 했지만, 이제는 당신의 침묵이 남편을 부드럽게 만든 것이오."

매일이 경사 날

경사를 맞은 한 사찰의 아침은 새롭게 핀 꽃과 새싹으로 덮여 해맑았다. 그 절에 사는 수도승들은 아름다운 꽃과 나무 밑에서 신비롭고 해맑은 아침을 형언할 수 없는 기쁨으로 맞이했다. 자연의 아름다움 매혹에 이끌린 젊은 수도승들이 설레는 가슴으로 스승을 찾아 갔다.

"스승님, 빨리 경사의 축사를 하지요."

스승은 제자들의 말을 듣고 문득 달력을 쳐다보며 말했다.

"오늘이 목요일인가. 난 차라리 목요일을 축하해주고 싶은 마음이 간절해지는군!"

젊은 수도승들은 스승의 뜻밖의 대꾸에 어리둥절했다. 어떤 이들은 이해할 수 없다는 표정으로 속상해하기도 했다. 마음을 베풀어야 한다고 날마다 가르침을 하던 스승이 사찰의 중요한 경사 날에 축사하는 일에 대하여 시큰둥한 반응을 보였기 때문이었다. 그들의 생각을 읽은 스승이 다시 입을 떼어 말했다.

"많은 사람들이 '오늘'이 아니라 경사를 즐기지. 오늘 그대들도 마찬가지야. 이보게들, 경사 날이라고 법석을 떠는 사람들의 즐거움은 잠깐인 게야. 하지만 '오늘'을 기뻐할 줄 아는 사람은 날마다 경사 날이라네. 아시겠는가?"

깨달음의 길

한 젊은이가 성자에게 물었다.

"성자님, 누구나 깨달음에 이를 수 있습니까?"

"그렇지는 않다."

"그것은 어째서 입니까? 엄연히 깨달음이 존재하고, 거기에 이르는 길이 있지 않습니까? 또한 제 앞에 깨달은 성자님께서 계시지 않습니까? 그런데 어찌 깨달음을 얻지 못하는 사람도 있는 것입니까?"

"너에게 길을 묻는 사람이 있다 하자. 너는 아마도 그들을 위해 자세히 길을 일러주리라. 그러나 어떤 사람은 그 곳에 이르고, 어떤 사람은 길을 잘못 들어 엉뚱한 곳을 헤매기도 할 것이다. 이런 이치와 같다."

"성자님, 저는 길을 가르쳐줄 뿐입니다. 그것을 제가 어찌할 수 있겠습니까?"

성자가 말했다.

"그대의 말대로 깨달음은 엄연히 존재하고, 거기에 이르는 길이 있으며, 내가 스승 노릇을 하고 있는 것도 사실이다. 그러나 제자 중에는 깨달음에 이르는 사람도 있고 이르지 못하는 사람도 있다. 그것을 내가 어찌할 수 있겠느냐? 나는 오직 길을 가르쳐주는 이에 불과할 뿐이다."

예언의 힘

많은 것을 안다고 잘난 체하는 수도승이 있었다. 그는 별자리며 태양계 등 우주의 이치를 알 뿐만 아니라 온갖 재주에 통달했고 앞으로 일어날 일도 예언할 수 있다고 큰소리치며 다녔다. 자신을 뽐내고 싶었던 그는 이웃 마을에 가서 느닷없이 한 아이를 붙잡고 울음을 터뜨렸다. 지나가 던 사람이 그에게 물었다.

"당신은 왜 울고 있습니까?"

그가 말했다.

"이 아이는 앞으로 이레 안에 죽을 것이오. 가엾은 생각에 울지 않을 수 가 없군요."

그러자 주위에 둘러서 있던 사람들이 말했다

"사람의 수명을 어찌 알 수 있단 말이요. 이레 안에 죽지 않을지도 모르 는 일인데 미리 우는 건 무엇 때문이오."

그가 더욱 큰 소리로 말했다.

"해와 달과 별이 없어지는 일이 있더라도 내 예언은 틀림이 없습니다."

이레가 되는 날, 그 수도승은 자기의 명성과 이익을 위해 아이를 몰래 죽이고 자기의 예언을 확인시켰다. 그러자 사람들이 입을 모아 말했다.

"참으로 지혜로운 분이시다. 운명을 맞추시다니"

자신을 지켜는 최소한 방법

한 성자는 어느 날 언덕과 언덕 사이를 산책하던 길에, 풀 속에 숨어 있는 방울뱀과 마주치게 되었다. 날카로운 송곳니를 드러내며 뱀은 당장에 성자를 물려고 했다. 그러나 그가 미소를 짓자, 방울뱀은 그가 발하는 친절과 사랑에 압도되어 그를 물으려던 계획을 포기하고 말았다. 성자는 뱀에게 이것저것 좋은 이야기를 해주면서, 마을의 어린아이들을 물지 말라고 타일렀다. 그러면 마을에 해를 끼치는 일이 적어, 사람들이 뱀을 좋아할 거라고도 말해주었다. 성자의 말에 감복한 나머지, 방울뱀은 사람 물기를 그만두기로 하였다. 그리고 일주일 후, 바로 그 자리로 다시 산책을 나간 성자는 방울뱀이 피투성이가 되어 있는 것을 발견하였다. 뱀은 마지막 힘을 다 짜내어 성자를 비난하였다. 그가 자기를 죽게 만들었다는 것이었다.

"당신이 가르친 대로 따라 했다가 내가 무슨 꼴을 당했는지 잘 보시오. 이렇게 피투성이가 되어, 다 죽게 되었잖아. 착한 뱀이 되어 아무도 물지 않았더니 어떻게 된 줄 아시오? 모두 앞 다투어 나를 죽이려 들지 뭐예요."

그러자 성자는 그 뱀을 보고 미소를 지으며 이렇게 말하였다.

"방울뱀아, 너를 지키기 위해서 위협하는 소리까지 내지 말라고 한 건 아니었단다."

누워서 침 뱉기

성자에게 악감정을 품은 한 사람이 성자를 찾아왔다. 그는 자기의 제자 중의 한 사람이 성자의 제자가 되어 자기를 떠난 것에 대하여 분개하고 있었다. 그는 불같이 화를 내며 욕설을 퍼부었다. 그러나 성자는 아무런 응대가 없었다. 또한, 추호도 감정을 일으키거나 동요를 보이는 법도 없었다. 이윽고 그 사람이 잠잠해졌을 때 성자는 그 사람에게 물었다.

"간혹 그대의 집으로 사람이 찾아오는 적이 있을 것이다. 그렇지 않은가?"

"그렇소."

"그럴 때 그대는 음식을 대접할 것이다."

"그렇소."

"그럴 때 만일 그 손님이 그것을 받지 않는다면 그 음식은 누구의 것이 되느냐?"

"물론 나의 것이지요."

성자는 담담하게 말을 이었다.

"그대는 지금 나에게 여러 가지 말을 하였다. 그렇지만 나는 그것을 받지 않았다. 내가 그대의 욕설을 듣고 되받아 그대에게 욕을 하였다면 나는 그대의 손님이 되어 함께 식사를 하는 셈이 되리라. 그런데 나는 그대의 손님이 되지 않았느니라."

그 사람은 성자의 말에 크게 뉘우치고 마침내 성자의 제자가 되었다.

거짓말 뒤의 변명

한 남자가 수도승을 찾아왔다. 수도승은 아직 깨달음이 부족하고 자기 자신을 내세우는 사람이었다. 그래서 그런지 그는 유명세를 얻고 있었다. 그 사람이 수도승에게 말했다.

"큰일 났습니다. 제 아내가 곧 죽을 것 같습니다."

수도승은 잠시 기도를 하더니 그 남자에게 말했다.

"염려 말게나. 내가 사신의 칼을 지금 막 빼앗았으니까"

그 남자는 신통한 수도승에게 백배 감사를 하고 집으로 돌아갔다. 그 사람은 수도승을 믿고, 또 기도도 열심히 하였다. 그러나 얼마 뒤에 다시 와서는 말하였다.

"아내는 결국 죽고 말았습니다. 그만큼 열심히 하였건만 아무 소용도 없었지 뭡니까?"

그러자 수도승은 격분하여 소리쳤다.

"그 못된 사신 같으니! 칼을 빼앗았더니, 맨손으로 목을 졸랐군!"

욕심의 무게

강가에 마을이 있었는데 그 마을 사람들은 누구나 수영을 잘했다. 어느 날 강물이 무섭게 불어났는데도 불구하고 그곳에 사는 대여섯 사람이 자그마한 배를 타고 강을 건너려고 하였다. 강의 한가운데에 이르렀을 때에, 갑자기 배가 부서져 타고 있던 사람들은 모두 강물로 뛰어들어 수영을 하였다. 그 중에 한 사람은, 죽은 힘을 다하여 물살을 가르며 헤엄쳤지만, 도저히 그곳을 벗어날 수가 없었다.

같이 헤엄을 치던 사람들이 물었다.

"우리들 가운데에서도 가장 헤엄을 잘 치는 자네가 오늘은 어째서 뒤로 처지는가?"

그 사람이 대답했다.

"나는 허리에 돈을 천 냥 차고 있어 자꾸 뒤처지는구먼!"

같이 강을 건너가던 사람들이 말했다.

"어째서 그 것을 버리지 않는가?"

그 사람은 대답을 하지 않았다. 그는 지쳤지만, 계속 고집을 부리고 있었다. 딴 사람들은 이미 강을 다 건너서, 반대편 언덕으로 올라갔다.

"아니, 이 어리석은 친구야! 그야말로 돈에 환장한 놈이 있었군! 너 하나 죽고 나면, 그 돈을 어디에 쓰려고 그러는가?"

사람들은 그 사람을 나무라면서, 큰소리로 그 사람의 이름을 불러댔다. 그래도 그 사람은 고개만을 설레설레 젓다가, 물 속으로 가라앉아 버리고 말았다.

어떤 일이 먼저인가?

어떤 사람이 친구와 함께 등산을 갔다가 독사에게 물렸다. 몹시 아
픈데다가 자기 같이 산을 잘 아는 사람이 독사에게 물렸다는 것이
무척 화가 났다. 그러자 독사가 아주 미워졌다.
"내가 꼭 저 뱀을 죽여 버려야겠다."
독사에게 물린 사람은 뱀을 쫓아가기 시작했다. 친구가 말리면서
빨리 응급처치를 하고 내려가서 병원에 가자고 하는데도 그 말이
귀에 들어오지 않았다. 분노에 가득 차서 오직 뱀을 죽이겠다는 일
념으로 쫓아다녔다. 그러나 뱀은 쉽게 잡히지 않았고 이 사람은 결
국 독이 퍼져 죽고 말았다.

모든 것은 시간이 필요하다

수도승에게 한 젊은이가 찾아왔다. 젊은이는 수도승을 보자마자 큰절을 올리더니 다짜고짜 이렇게 말했다.

"선생님께 깨달음을 얻고자 왔습니다."

수도승은 젊은이를 위아래로 훑어보며 말했다.

"깨달음을 얻으려면 우선 ……

수도승이 도를 닦는 기본자세를 말하려는데 젊은이가 수도승의 말을 중간에서 잘랐다.

"선생님만큼 높은 경지의 깨달음을 얻으려면 시간이 얼마나 걸릴까요?"

수도승은 젊은이에게서 옆으로 돌아앉으며 말했다

"글쎄, 십 년이면 될까?"

수도승의 말에 젊은이가 인상을 쓰며 말했다.

"좀 더 빨리는 안 될까요?"

수도승은 흰 수염을 쓰다듬으며 말했다.

"오십 년도 짧은 것 같구나."

수도승의 말에 젊은이가 기가 차다는 듯 말했다.

"오십 년도 짧다니 무슨 말씀이십니까? 더 빨리 배울 수는 없겠습니까?"

젊은이의 말을 들은 수도승은 자리에서 일어나며 말했다.

"자네는 백 년도 짧네."

깨달음으로 가는 길

한 스님이 머리 속의 잡념들과 싸워가며 밤낮으로 화두에 매달려 정진을 했다. 그러나 아무리 열중해도 참 생각의 한 뜻이 영 열리지 않았다. 스님이 얼마나 열심이었는지 온몸이 땀에 푹 젖을 정도였다. 그때였다. 어디선가 이상한 소리가 들려왔다. 이를 가는 소리 같기도 하고 무언가 무거운 것이 땅에 끌리는 것 같기도 했다. 스님은 궁금해서 견딜 수 없어 마침내 눈을 뜨고 말았는데, 눈앞에는 참으로 놀라운 광경이 벌어지고 있었다. 스님의 스승이신 큰스님께서 벽돌을 돌에 갈고 있는 게 아닌가. 큰스님이란 부처를 가리키지만, 일반적으로 여러 부처님과 구분하기위해서 깨달음을 얻은 스님들도 큰스님이라고 가름하여 호칭하기도 한다.

"스님, 벽돌을 갈아서 무엇에 쓰시렵니까?"

스님은 큰스님께 여쭈었다.

"거울을 만들려고 그런다."

"벽돌을 갈아서 거울을 만든다고요?"

너무나 어처구니없는 소리라 어리둥절한 채 영문을 몰라 하는 스님에게 큰스님이 빙긋 웃으며 오히려 되물었다.

"그래, 너는 앉아서 눈만 감고 있으면 저절로 부처가 될 줄아느냐?"

스님은 그 말씀에 정신이 퍼뜩 들었다.

"스님, 가르쳐 주십시오. 어떻게 해야 됩니까?"

하지만 큰스님은 다시 되물었다.

"달구지가 가지 않을 때는 어떻게 하느냐. 소를 때려야 가겠느냐, 아니면 달구지를 때려야 가겠느냐? 선공부란 앉거나 눕거나 마찬가지다. 부처는 원래 죽어 있는 게 아니다. 매달림이 없고, 갖거나 버릴 게 없어야 제대로 된 공부다."

다른 게 뭘까

깨달음이 높은 경지에 이른 한 늙은 수도승이 미리 자신의 죽음을 예견하고 제자들을 불렀다. 제자들은 자신의 죽음을 예견하는 수도승의 말을 듣고 장례식을 후하게 치르기 위해 대책을 마련했다. 이 사실을 알게 된 수도승이 제자들을 불러 말했다.

"인간은 태어나면서부터 빈손으로 오는데 생명을 버리고 떠나가는 길에 무슨 장례식이 필요하단 말이냐? 내가 죽으면 아무 곳에나 갖다버려라. 나는 하늘과 땅을 집으로 삼고 우주 만물을 이불과 베개로 삼을 것이다. 삼라만상이 모두 나와 함께할 것인데 그 밖의 무엇이 더 내게 필요하다는 말이냐?"

수도승의 말에 그의 제자들이 그럴 수 없다며 단호하게 나섰다.

"그럴 수는 없습니다. 스승님! 스승님의 말씀대로 한다면 까마귀는 물론 독수리나 산짐승들이 스승님의 시신을 갈기갈기 찢어놓을 것입니다."

제자들의 말에 수도승이 꾸짖듯 말했다.

"너희들 말처럼 육신이 땅 위에 있으면 까마귀나 독수리, 혹은 산짐승들의 밥이 될 것이다. 그렇지만 땅 밑에 있다 해도 온갖 벌레들의 밥이 되는 것은 뻔하지 않느냐? 날짐승이나 산짐승들의 밥이 되는 것은 안 되는데 땅속에 사는 벌레들의 밥이 되는 것은 괜찮다는 말이냐?"

진정한 아름다움

냉철한 수도승이 있었다. 그는 신을 만나면 신을 죽이고 깨달은 자를 만나면 깨달은 자를 죽이라고 가르쳤다. 절대자가 뭐냐고 물으면 나무 토막이라고 말할 정도였다. 그런데 어느 날 그의 스승이 죽었다. 소식을 들은 수많은 사람과 제자들이 장례식에 참석했다. 그곳에서 사람들은 깜짝 놀라고 말았다. 그 냉철한 수도승이 통곡하고 있었던 것이다. 그의 두 눈으로 눈물이 주룩주룩 흘러내리고 있었다. 그 모습을 본 다른 수도승들이 그에게 말했다.

"왜 그러나? 사람들이 자넬 보고 수군거리고 있어. 자네가 울다니. 자네는 아무런 집착도 없는 줄 알았는데, 이제 보니 그게 아니었군."

옆에 있던 다른 수도승도 한 마디 거들었다.

"육체가 아무 것도 아니라면 죽음은 아무 의미도 없는 게 아닌가? 그런데 울긴 왜 우나?"

그러자 냉철한 수도승이 말했다.

"자네들의 말도 맞네. 그러나 어떡하겠나? 마구 쏟아지는 눈물은 나도 나 자신에게 매우 놀랐네. 하지만 이게 삶이란 걸 알았어! 스승님 마지막으로 나에게 은덕을 베푸신 거야. 스승의 죽음이 아니었으면 난 영원히 내 자신에게는 집착심이 없는 걸로 착각하고 있었을 거야. 또한 내게도 가슴과 눈물이 있다는 걸, 나도 울 수 있다는 걸 모르고 살았을 거야."

세상에서 가장 소중한 것

한 스승이 제자들과 함께 어느 마을을 지나는데 어디선가 슬프게 우는 소리가 들려왔다. 주위를 둘러보니 웬 남자가 강을 바라보며 통곡하고 있었다. 스승이 다가가 물었다.

"무슨 일로 이렇게 슬프게 우십니까?"

그러자 그 남자가 한숨 섞인 울음을 토해내며 말했다.

"나는 내 생에서 가장 중요한 세 가지를 잃고 난 후에야 진실을 깨달았습니다. 지금 후회한들 무슨 소용이 있겠습니까?"

"잃어버린 게 무엇입니까?"

"나는 일찍이 배우기를 좋아해서 집을 떠나 세상을 두루 돌아다녔습니다. 그러다가 문득 깨달은 바가 있어 집에 돌아왔는데 부모님이 이미 돌아가셨으니, 이것이 첫 번째 잃음입니다. 그리고 한때 교만과 사치로 내 삶을 탕진했는데 이것이 두 번째 잃음입니다. 또한 평생을 친구 사귀기를 좋아했으나 지금은 모두 내게서 떠나 버렸으니, 이것이 세 번째의 잃은 것입니다. 나무는 조용히 있고 싶지만 바람이 그치지를 않고, 자식은 부모를 봉양하고 싶지만 부모는 기다려주지 않는 법임을 이제야 깨달은 것입니다. 다시 오지 않는 것이 세월이고, 두 번 다시 볼 수 없는 것이 죽은 부모입니다. 그럼, 이만……"

그는 그렇게 말한 후 말릴 틈도 없이 강물에 몸을 던졌다. 이를 안타까이 여긴 스승이 제자들에게 말했다.

"그 남자의 말을 기억하라. 살아가는 데 교훈이 될 것이다."

천국과 지옥의 차이

한 성자가 천사의 안내를 받아 하늘나라를 구경하게 되었다. 성자가 찾아간 때는 마침 저녁밥을 먹을 시간이었다. 커다란 식당에는 사람들이 반반씩 나누어져 있었는데 밥과 반찬은 둘 다 똑같이 차려져 있었다. 다만 한 가지 이상한 것은 수저의 크기가 모두 사람의 팔보다 길어 먹기가 상당히 불편하다는 점이었다. 성자가 어떤 곳이 천국이고, 어떤 곳이 지옥이냐고 묻자 천사가 빙그레 웃으며 잠시만 기다리라고 대답했다. 잠시 후 밥을 먹으라는 종소리가 울리자 사람들은 모두 수저를 집어 들었다. 그런데 한쪽은 자기만 먹으려고 팔보다 긴 수저를 들고 버둥거리는데 비해 다른 한쪽은 음식을 떠서 사이좋게 서로의 입에 넣어주었다.

따라하기

한 젊은 수도승이 수도를 위하여 먼 나라로 떠났다가 돌아왔다. 그 수도승은 수도를 마치고 돌아와 스승에게 말했다.

"이번 수도여행 중에서 많은 것을 배웠습니다."

스승은 기대에 차서 물었다.

"그래, 가서 무엇을 배웠느냐?"

스승의 말에 젊은 수도승은 그곳에서 본 다른 수도승의 명상하는 모습을 흉내 내었다.

그 모습을 본 스승은 젊은 수도승에게 호통을 쳤다.

"지금 당장 내 눈앞에서 썩 꺼져라. 흉내쟁이는 여기도 너무 많아 머리가 다 아플 지경이다!"

삶에서 가장 중요한 부표

수행 중인 한 제자가 스승을 찾아가 물었다.
"험난한 세상에서는 처신을 어찌 해야 되는 것입니까?"
스승이 제자에게 말했다.
'네 자신의 그림자처럼 행동하라!'
스승의 말에 제자는 자신의 그림자를 내려다보았다. 그림자는 자신이 몸을 굽히면 같이 몸을 굽히고, 머리를 돌리면 같은 방향으로 돌렸다. 팔과 다리, 어느 것 하나도 자신의 행동에 따르지 않는 것이 없었다.
제자는 스승의 말뜻을 깨닫고는 생각했다.
'매사를 너무 나 자신 위주로 행동하지 말고 상황에 따라 유연하게 처신하는 것이 험한 세상을 건너가는 부표로구나.'

바람을 잡는 방법

언제나 부산스럽기만 한 나이 어린 제자를 앉혀놓고 하루는 스승이 물었다.

"너는 지나가는 바람을 잡을 수 있느냐?"

제자는 스승의 물음에 한동안 골똘히 고민하다가 대답했다.

"잡을 수 있습니다."

제자의 대답에 스승은 흥미롭다는 듯 되물었다.

"어떻게 잡는다는 말이냐?"

그러자 제자가 양 손바닥을 펼쳐서 바람을 움켜잡는 시늉을 하더니 다시 양손을 둥근 모양으로 만들어 스승 앞에 내밀었다.

제자의 행동에 스승이 말했다.

"너는 바람을 이상하게도 잡는구나."

스승의 말에 이번에는 제자가 물었다.

"그렇다면 스승님은 바람을 어떻게 잡습니까?"

스승은 제자의 말이 끝나자마자 제자의 귀를 잡아 비틀며 말했다.

"아얏"

제자는 아파 비명을 질렀다.

"나는 바람을 이렇게 잡지."

세상에서 가장 무서운 것은?

제자가 물었다.
"세상에서 가장 무서운 것을 보고 싶습니다."
성자가 말했다.
"그것은 오늘밤에 저 산위에 있는 빈집의 방에 들어가면 볼 수 있다."
제자가 좋아하며 그날 밤 빈집에 갔다.
마침 바람이 불고 비가 오고 있어 빈집으로 가는 길은 으시시했다.
제자가 빈집에 이르러 방문을 열었다.
제자는 그곳에서 가장 무서운 것을 볼 수 있었다.
그것은 거울에 비친 자신의 모습이었다.

가장 무서운 것은 무엇인가?

한 성자가 있었다. 사람들이 그 성자를 찾아와 말했다.
"무서운 것에 대해 알고 싶습니다."
성자는 그중 노인에게 물었다.
"가장 무서운 것이 무엇이오?"
노인이 대답했다.
"전 죽음입니다."
이번엔 아이에게 물었다.
"넌 가장 무서운 것이 무엇이지"
아이가 대답했다.
"치과의사와 유령입니다."
성자는 사업가에게 물었다.
"가장 무서운 것이 무엇입니까?"
사업가가 대답했다.
"사업이 망하는 것입니다."
성자는 몇 사람에게 더 물어본 다음 대답했다.
"진짜 무서운 것은 바로 그 당신들의 무서워하는 마음이요."

여자의 뼈

한 성자가 제자들과 함께 길을 갈 때였다. 하루는 사람들의 뼈가 산더미처럼 쌓인 곳을 지나게 되었다. 갑작스런 재난이 닥쳐, 많은 사람들이 죽어간 곳이었던가 보다. 살아 있을 때 부귀영화를 누리던 사람, 고생하던 사람, 예쁜 사람, 미운 사람 등 갖가지 사람의 뼈가 모인 셈이다.

누군가가 말했다.

"삶이란 참 무상한 거로구나. 죽으면 모두 같은 뼈다귀만이 남는데……."

그 때 성자가 제자들에게 물었다.

"너희 중 누가 여기서 여자의 뼈를 가려낼 수 있겠느냐?"

모두 얼굴만 마주 보았다. 성자가 뼈 하나를 쳐들고 말했다.

"자, 여기 이 뼈는 여자의 것이다."

"선생님, 어찌 그것을 아십니까?"

"여자의 삶을 생각해 보아라. 어려서는 여자이기 때문에 남자보다 늘 못한 대접을 받는다. 결혼하여 아기를 가지면, 온몸의 양분을 아기에게 주게 된다. 아기를 낳을 땐 몸속의 많은 피들을 아기를 위해 흘린다. 젖을 먹이며 또한 자기 몸의 일부를 주는 것이다. 그러다 보면 여자의 살과 피뿐 아니라 뼈 속에 든 양분도 남아 있지 않는다. 쓰디 쓴 여자의 삶은 그 뼈를 이토록 가볍고 또 검게 만들지 않느냐?"

누가 개인가?

심술궂은 어떤 사람이 수도승을 집으로 초대하였다. 그리고는 집 앞에서 기다리고 있다가 수도승이 오자, 돌아가라고 했다. 그가 돌아서 몇 발짝 가자, 그를 다시 불렀다.

"가라."

"오라."

"가라."

"오라."

이렇게 서른 번쯤 반복하던 그가 수도승의 인내에 감복하여 무릎을 꿇고 용서를 구했다. 수도승은 아무렇지도 않은 듯 말했다.

"통 모르겠네. 난 그저 말 잘 듣는 개처럼 했을 뿐인데. 개는 당신이 부르면 오고 쫓으면 가지 않소. 그런 개 같은 짓이야 어디 수도승들만 하는 것도 아니고, 누구나 능히 그럴 수 있는 거 아니겠소."

당신은 누구인가?

어느 저녁 만찬에 수도승이 초대되었다. 식사를 마친 수도승은 그 곳에 있던 사람들에게 물었다.

"당신은 누구입니까?"

"저는 사업가입니다."

"저는 변호사입니다."

"저는 농부입니다."

사람들이 이렇게 대답했다. 그러자 수도승이 다시 물었다.

"그래요? 그것이 당신이 살아가는 이유입니까?"

잠시 침묵이 흘렀다. 사람들이 아무런 말이 없자 그 중 한 사람이 이렇게 말했다.

"글쎄요. 저는 아직 그런 생각을 해 본 적이 없는데요."

당신이 무엇을 하고 있는가에 대해 물은 것이 아니라 당신이 누구인가에 관한 대답을 요구하는 것이다.

너는 무슨 일을 했느냐?

한 수도승이 있었다. 그는 죽어서 지옥에 떨어졌다. 그는 자기 자신이 지옥으로 떨어진 사실을 믿을 수가 없었다. 도대체 무엇을 잘못했기에 지옥으로 왔단 말인가? 그는 신을 만나 따지고 싶었다. 그는 일생 동안 순결하게 살아왔었다. 그는 신에게 외쳤다.

"일생 동안 잘못한 일도 없는데 왜 제가 지옥으로 가야 합니까?"

그러자 신이 그에게 말하였다.

"너는 일생 동안 어떤 나쁜 일도 한 적이 없다. 그것은 참 좋은 일이다. 그러나 너는 어떤 좋은 일도 또한 한 적이 없다. 그러니 너는 땅에서 있으나마나한 존재였다. 너는 땔감으로 쓰이는 나무토막보다 못한 존재에 불과했다."

슬픔의 위로

한 성자가 수도여행을 하고 있을 때 절망에 빠진 한 여인이 그를 찾아왔다. 그녀는 외아들을 잃고 시름에 잠겨서 자기 아들을 되살려 줄 사람을 찾아 다녔다. 누군가 그녀에게 성자를 찾아가 보라고 말했다. 그래서 그녀는 성자를 찾아 왔다. 성자는 그녀의 이야기를 듣고 슬픔에 잠긴 그녀를 보았다. 자비로 가득 찬 성자는 그녀에게 말했다.

"겨자씨를 하나만 가지고 오라. 단 부모나 자식, 친척, 하인도 죽지 않은 집에서 가지고 와야만 한다. 그러면 나는 그대의 아들을 되살려 줄 수 있다."

희망으로 가득 찬 여인은 곧 집집마다 겨자씨를 구하러 다녔다. 그녀의 질문에 모두가 같은 대답을 했다. 아무도 죽지 않은 집은 하나도 없었다. 결국 그녀는 빈손으로 돌아와야 했다.

성자가 말했다.

"여인아, 내가 말한 겨자씨를 가져왔느냐?"

그때 여인은 성자의 큰 가르침을 이해했다.

가슴에 담은 사람들

한 제자가 그의 스승을 만나러 갔다. 스승은 사원에 앉아 있었다. 제자가 들어가자 스승은 혼자 있다가 말했다.

"제자야, 혼자서 들어오라. 그렇게 많은 사람들을 데리고 들어오지 마라."

그래서 제자는 뒤돌아보았다. 거기에는 아무도 없었다. 스승은 웃으면서 말했다.

"뒤를 돌아보지 말고 너의 내면을 들여다보라."

제자는 눈을 감았다. 그리고 스승의 말이 옳다는 것을 알았다. 그는 아내를 남겨두고 왔지만 그의 마음은 그녀에게 집착하고 있었다. 그는 부모를 뒤에 남겨두고 왔지만 그들의 영상이 여전히 그의 머리 속을 가득 채우고 있었다. 그리고 그가 마지막으로 이별을 나눈 친구들도 그의 머리 속에 남아 있었다.

스승은 말했다.

"가라 그리고는 홀로 돌아오라. 이렇게 많은 사람들에게 내가 어떻게 이야기 할 수 있겠는가"

그래서 제자는 그 많은 사람들로부터 자유롭기 위해서 사원 밖에서 일년 동안이나 기다려야 했다. 일년이 지난 어느 날 스승이 그를 불렀다.

"너는 이제 준비가 다 되었다. 들어오너라. 이제 너는 홀로이고 나는 너와 이야기를 나눌 수 있게 되었다."

가장 인상에 남는 것

자랑 하기를 좋아하는 한 부자가 자기 집을 구경시켜 준다면서 수도 승을 집으로 초청했다. 부자는 귀한 예술품들과 값진 카펫, 그리고 온갖 보물들이 그득한 방들을 차례로 구경시켰다. 그리고 부자가 그 수도승에게 물었다.

"자, 제가 보여드린 것 중에서 가장 인상 깊었던 것이 무엇이었습니까?"

수도승은 발로 땅을 꽝 밟으면서 대답했다.

"이렇게 육중한 건물의 무게를 견디다니, 역시 대지는 위대하군요."

극락과 지옥

어떤 장군이 선사에게 물었다.
"극락이나 지옥이라는 것은 정말 있는 것입니까?"
선사는 그 말에는 대꾸도 않고 되물었다.
"당신은 뭐하는 사람이오?"
그가 대답하였다.
"나는 병사들을 지휘하는 장군이라오."
선사가 비웃었다.
"하! 하! 하! 참 우습소 그려. 누가 댁 같은 머저리를 장군을 시키더
란 말이오."
그러자 그 사내가 불같이 화를 내었다.
"당장 쳐 없애겠다!"
그때를 놓치지 않고 선사가 말했다.
"지옥문은 이로써 열리나니…"
그러자 그는 그것이 선사의 시험인지를 알고 대번에 공손해져서
사과하였다.
"죄송합니다. 워낙 세속적인 사람이라 그만……"
선사가 봄바람처럼 말을 했다.
"극락문은 이렇게 열립니다."

세상이라는 이름의 여관

한 수도승이 왕에게 초대되었다.

수도승이 왕에게 말했다.

"당신의 여관은 굉장히 크군요."

왕은 의아해 하며 수도승에게 일러주었다.

"이곳은 왕궁이지 여관이 아니오."

그러자 수도승이 왕에게 이렇게 물었다.

"폐하, 이전에 이 궁은 누구의 것이었습니까?"

"내 아버지의 것이었소."

"그 이전에는 누구의 것이었습니까?"

"내 아버지의, 아버지의 것이었소."

"그 이전에는 누구의 것이었습니까?"

"내 아버지의, 아버지의, 아버지의 것이었소."

"그 이전에는 누구의 것이었습니까?"

"내 아버지의, 아버지의, 아버지의, 아버지의 것이었소."

수도승이 말하였다.

"보십시오. 벌써 네 분이 이 여관에 묵고 가신 것을 폐하께서는 직접 확인해 주셨습니다. 다만 이 여관은 보통 여관과는 달리 하루나 이틀이 아니라 이삼십 년 정도 좀 길게 묵고 가는 것이 약간 다를 뿐이겠지요. 그렇지 않습니까, 폐하?"

끝내 명성만은 버릴 수 없다

이름나는 것을 극도로 혐오하는 수도승이 있었다. 그는 자기가 명성을 머리카락 한 올보다도 중요하게 생각하지 않는다는 점을 강조하였다. 그의 가르침의 3분의 2는 명성을 멀리할 것에 대한 것일 정도로 그는 이름나는 것을 싫어하였다. 그러나 그러면 그럴수록 그의 명성은 높아만 갔다. 그래서 그는 결국 산으로 숨어버렸다. 그러자 그의 명성은 그야말로 극치에 이르게 되었다. 그가 진정으로 명성을 싫어한다는 것이 증명되었기 때문이었다. 그렇게 해서 그가 명성이 아닌 진정한 깨달음에만 관심이 있는 참된 수도승이라는 것이 증명되자 많은 사람들은 그에 대해서 열렬한 존경심을 갖게 되었다. 그중에서 어떤 사람들은 온갖 방법을 다 동원해서 그 참된 수도승을 찾아 나섰다. 그리하여 마침내 그들은 수도승을 찾을 수가 있었다. 어떻게 그들은 수도승을 찾았을까? 알고 보니, 그 수도승은 산으로 숨으면서 남이 찾아오기 쉽게 산 밑 입구 쪽에다 신발 한 짝을 벗어놓고 갔던 것이다.

몸 안의 독사

한 수도승이 산에서 수행하고 있었다. 그 산에는 독사가 많아 안심하고
앉았거나 잠 잘 수가 없었다. 그래서 그 수도승은 높은 나무 위에다 자리
를 만들어 놓고 참선했다. 이렇게 안심이 되자 그 수도승은 쏟아지는 잠
을 억제할 수 없었다. 매일 꾸뻑꾸뻑 졸고 있었다. 그를 본 한 성자가 큰소
리로 웃어댔다. 그러나 그 사람은 잠을 깨지 않았다. 성자는 다른 방법을
썼다.

"수도승이여, 독사가 온다!"

졸던 수도승은 몹시 놀라 눈을 뜨고 찾아보았으나 독사는 보이지 않았다.
수도승은 벌컥 화를 내며 말했다.

"왜, 거짓말을 합니까? 아무것도 보이지 않는데 왜 독사가 온다고 합니
까?"

성자가 말했다.

"자기 몸 안의 독사를 보라는 것인데 왜 밖에서 독사를 찾고 있는가!"

수행의 결과

한 수도승이 다른 수도승에게 자랑했다.

"나는 물 위로 걸을 수가 있다오 그리고 공중으로도 걸을 수가 있다오"

그러자 듣고 있던 수도승이 말했다.

"나는 물 위로 걸을 수가 없다오. 그리고 공중으로도 걸을 수가 없다오."

"그렇다면 당신이 수도를 통해서 무엇을 얻었는지 말해 보시오"

"나는 그저 땅 위를 걸을 수가 있을 뿐이랍니다."

그런데 그 곁에는 또 한 사람의 수도승이 더 있었다. 그는 두 사람의 대화를 듣고 나서 먼저 첫 번째 수도승을 가리켜 이렇게 입을 열었다.

"이것만은 분명한 것 같구려. 당신이 그토록 굉장한 고행을 하더니, 이제야 겨우 물고기와 새의 경지에 이르렀다는 것 말이오."

그런 후에, 두 번째 수도승에게도 말했다.

"그리고 당신이야말로 진정 사람의 경지에 이르렀소"

두 소년의 다른 점

두 소년이 훌륭한 성자에게 공부를 배었다.

한 아이는 열심히 공부해서 유명한 학자가 되었고 한 아이는 공부를 게을리 하다가 결국 장사꾼이 되고 말았다. 장사꾼으로 풀린 아이의 부모는 속이 상해 견딜 수가 없었다. 어느 날 성자를 찾아가 하소연했다.

"같은 스승 아래서 비싼 돈을 들여가며 공부를 시켰습니다. 그런데 한 아이는 자라서 학자가 되었는데 저의 아이는 장사꾼으로 풀렸습니다. 혹 성자님이 편애하여 그 아이에게만 잘 가르쳐 준 것이 아닙니까?"

이에 성자가 말했다.

"젖은 나무에는 약한 불이 꺼지고 말듯이 게으른 사람은 그와 같다. 아무리 밝은 보름달이라 해도 눈을 감고는 그 빛을 볼 수 없듯이 게으른 사람이 공부하는 것도 그와 같으니라."

언제 명상을 할까?

한 부자가 성자를 찾아와서 명상을 가르쳐 달라고 부탁했다. 성자는 순순히 부자의 부탁을 들어주어 내일 아침부터 명상 시간에 참석하라고 허락했다. 그러자 그 부자는 다소 곤란한 표정을 지으며 말했다.

"내일은 좀 곤란하니 모레부터 하면 되지 않겠습니까?"

성자가 그 이유를 묻자 부자가 다시 말했다.

"저와 함께 온 집사가 오늘 저녁에 친척집에 가서 내일 오후나 되어야 오기 때문에 그렇습니다."

부자의 말에 성자가 물었다.

"그러면 당신 혼자 오면 되지 않겠습니까?"

부자가 머뭇거리며 대답했다.

"그건 말처럼 쉽지 않습니다. 저희 집안은 돈을 만지는 일을 명예롭지 못한 것으로 여기는 관습이 있습니다. 만약 명상을 하는 데 돈이 필요하다면 그것은 집사가 알아서 해야 될 문제이기 때문입니다."

부자의 말에 성자가 대답했다.

"그것 참 이상하군요. 돈을 만지는 일이 명예롭지 못한 일이라면 당신이 부자인 것도 이상하고, 그런 일을 남에게 대신 시킨다는 것은 더더욱 이상한 일이라고 생각하지 않습니까?"

산에 오르는 이유

고명한 성자에게 한 젊은이가 찾아와 이렇게 빈정거렸다.

"제 생각으로는 도(道)란 그저 단순한 말장난에 지나지 않습니다."

젊은이의 말을 들은 성자는 조용히 웃으며 말했다.

"도(道)를 아는 것은 우리가 산에 올라가는 이유와 같은 거라네."

젊은이가 다시 빈정거리듯 되물었다.

"산에 올라가는 이유라니? 그게 무슨 얘기입니까?"

젊은이의 반문에 성자는 그 이유를 찬찬히 설명했다.

"우리가 땅 아래에 있을 때는 모르지만 일단 산에 올라가 보면 우리는 올라야 할 많은 산들이 있다는 것을 알게 되고 계속 그 산들을 올라가게 되지. 그런데 만약 자네가 산에 오르지도 않고 계속해서 우리가 올라야 할 다른 많은 산들이 있다는 것을 깨닫지 못한다면 자네의 인생은 지금 이 상태에서 만족해야 될 것이네."

명상하는 방법

어떤 성자의 문하에 새로운 제자가 입문하게 되었다. 그 제자는 명상에 관심이 많아 매번 성자를 찾아가 물었다.

"스승님, 하루 종일 명상에 잠겨도 될까요?"

성자는 그렇게 묻는 제자의 물음에 아무런 말도 하지 않았다. 그로부터 며칠 후, 다시 그 제자가 성자를 다시 찾아가 물었다.

"스승님, 밤을 새워가며 명상을 하는 것은 어떨까요?"

성자는 이번에도 제자의 물음에 묵묵부답이었다. 다시 얼마 후, 그 제자가 성자를 찾아가 물었다.

"스승님, 밤낮을 가리지 않고 명상에 잠기는 건 어떨까요?"

그러자 성자는 그 제자에게 호통을 쳤다.

"도대체 누구를 괴롭히려는 것이냐? 네 자신인가, 나인가, 아니면 신인가?"

한 푼의 목숨

어느 강에 홍수가 났다. 가뭄 때보다 몇 십 배로 물이 많아져서 시뻘건 물이 산더미처럼 흘러 내렸다. 그러자 뱃사람들은 때를 만난 듯 보통 때 한 푼씩 받던 뱃삯을 세 배나 올려서 세 푼씩 받았다.

강을 건너갈 손님 가운데에 승려가 한 사람 있었는데, 가진 것이라고는 두 푼 밖에 없었다. 아무리 사정을 해도 뱃사공들이 말을 들어주지 아니하여 그는 끝내 타지 못하고 말았다.

배가 손님을 가득 싣고 떠나서 강 한복판에 이르렀을 때 산더미처럼 밀려오는 사나운 물결에 그만 뒤집히고 말았다. 그리하여 손님들은 물론 뱃사공들까지 물에 빠져 죽게 되었는데, 이 광경을 멀리서 바라보던 그 승려가 말했다.

"소승은 돈 한 푼 없어 못 죽습니다."

나귀와 같은 수도승

수도승이 되고자 한 젊은이가 이름이 높은 수도승을 찾아왔다. 수도승이 그에게 물었다.
"너는 무슨 자격이 있느냐?"
젊은이는 답했다.
"저는 험난하고 높은 수행을 거쳤습니다. 땅에서도 잘 수 있고, 필요하다면 풀도 먹을 수 있습니다. 적어도 하루 세 번은 회초리로 매질하여 육욕 또한 억제했습니다."
수도승이 답했다.
"그렇다면 넌 도를 수행하는 것보다는 나귀 쪽이 훨씬 적격이겠구나."

떠나야 하는 이유

어려서부터 같이 수행을 시작하여 서로에 대한 우정이 아주 깊은 젊은 수도승 둘이서 함께 여행을 떠났다. 수도승들이 밥을 먹고 길을 다시 떠나려는데 어떤 사람이 다가오더니 갑자기 한 수도승의 멱살을 잡고 마구 욕설을 퍼부었다. 그 수도승은 순식간에 당한 일이기도 했지만 천성이 원래 착한 터라 그저 묵묵히 봉변을 당하고만 있었다. 다른 수도승은 수도승의 신분으로서 같이 멱살잡이를 할 수도 없어 어찌할 바를 몰라 그저 가만히 바라보고만 있었다. 그런데 점점 더 언성이 높아지고 욕설이 심해지자 멱살을 잡힌 수도승은 더는 참을 수가 없었는지 상대방의 멱살을 같이 움켜쥐고 싸움을 벌였다. 그 모습을 본 다른 수도승은 묵묵히 그 자리를 떠나버렸다. 한참 후 먼저 떠난 수도승이 잠시 앉아 있으려니 싸움을 하던 수도승이 씩씩거리며 걸어왔다. 그 수도승은 앉자마자 자기를 두고 떠난 수도승에게 불평을 늘어놓았다.

"자네는 친구로서 어떻게 나를 두고 혼자 갈 생각을 했는가?"

친구의 말에 다른 수도승이 말했다.

"처음 그 사람이 자네에게 멱살을 잡고 욕설을 퍼붓기 시작했을 때 자네는 묵묵히 잘 참고 있었지, 그때 나는 자네 주위에 함께 있는 수많은 천사들을 보았네, 그런데 자네가 그 사람과 같이 멱살을 붙잡고 싸움을 시작하자 자네 주위에 있던 수많은 천사들이 갑자기 모두 어디론가 사라지고 없었네. 그래서 나도 어쩔 수 없이 자네 곁을 떠나온 거라네."

사람에 따라 달라지는 답

한 사람이 수도승을 찾아와 물었다.

"진리를 들으면 곧 실천해야 합니까?"

수도승이 눈을 감은 채 대답했다.

"부모님이 살아 계신데 어찌 듣는 대로 실천을 하겠는가? 두루 살펴서 실천에 옮겨야 하느니라."

그로부터 며칠 후 다른 사람이 수도승을 찾아와 물었다.

"진리를 들으면 곧 실천해야 합니까?"

수도승은 여전히 눈을 감은 채 말했다.

"그렇다. 들으면 곧 실천에 옮겨야 한다."

수도승의 옆에 앉아 똑같은 질문에 전혀 다른 대답을 하는 것을 지켜본 젊은이가 물었다.

"스님께서는 며칠 전에 한 사람이 찾아와 들으면 곧 실천해야하느냐고 물었을 때 부모님이 살아 계신데 어찌 듣는 대로 실천에 옮기겠느냐고 말씀하셨는데, 조금 전에 다녀간 그 사람의 질문에는 듣는 대로 곧 실천해야 한다고 하시니, 같은 질문에 서로 상반된 답변을 하시는 까닭이 무엇입니까?"

이에 수도승이 젊은이를 향해 말했다.

"먼저 온 사람은 평소 다른 사람보다 행동이 민첩하고 생각 또한 진취적이라서 그 성품을 느긋하게 하기 위해 더디게 실천하라고 한 것이고, 방금 다녀간 사람은 평소 소심한 데다 행동 또한 느리고 사념이 많아 그 기상을 북돋워주기 위해 듣는 대로 실천하라고 한 것이다."

진정한 자유로움

한 이름 높은 수도승이 높은 산에서 명상에 잠겨 있었다.

수도승의 명성을 들은 먼 나라의 왕은 신하를 시켜 수도승을 불러오라고 했다. 고명한 수도승에게 정사를 맡기면 나라가 크게 발전하고 안정할 것 같았기에 높은 벼슬을 주려고 하였다. 왕의 명령을 받은 신하들은 높은 산에 살고 있는 수도승을 찾아갔다.

"왕께옵서 부르십니다. 왕께옵서는 당신이 어진 분이라는 것을 아시고 당신에게 나라의 정사를 맡기고 싶어 하십니다."

수도승은 명상에 잠긴 채 돌아다보지도 않고 말했다.

"내가 듣기에 그 나라는 죽은 지 삼천년이나 되는 거북을 비단에 싸서 좋은 상자에 넣어 묘당에 모셔 놓고 제사를 지낸다지요?"

"예, 그러 하옵니다."

"그 거북은 죽어서 뼈다귀만 남아 비단에 싸여 제사를 받고 소중히 받들어지기를 원할까요, 아니면 살아서라도 개흙바닥을 기어 다니며 돌아다니고 싶어 할까요."

"그야 살아서 개흙바닥을 돌아다니고 싶을 테지요."

수도승은 껄껄 웃으며 말했다.

"나 또한 차라리 개흙바닥을 기어 다닐지언정 얽매어 받들어지고 싶지 않으니 어서 돌아 가시요."

설득의 방법

어느 날 위대한 성자가 열 명의 어리석은 현자에 맞서 토론하고 있었다. 그는 자신이 가진 모든 논리력을 발휘했지만, 어리석은 현자들을 설득할 수 없었다. 그들은 말했다.

"다수결의 원칙이오. 10 대 1입니다."

논리로는 어리석은 현자들을 도저히 설득할 수 없었던 성자는 다른 전략을 쓰기로 했다.

"내 말이 맞으면 이 나무가 뿌리 채 뽑혀 100 척 밖으로 날아갈 것이오."

말이 끝나자마자 나무는 뿌리 채 뽑혀 100 척 밖으로 날아갔다.

하지만 어리석은 현자들은 자기들의 주장을 굽히지 않았다.

"나무 한 그루가 증거가 될 수는 없소."

성자가 말했다.

"내 말이 맞으면, 강물이 반대방향으로 흐를 것이오."

말이 끝나자마자 강물은 상류를 향해 흐르기 시작했다.

어리석은 현자들은 어깨를 으쓱하고 말했다.

"강물도 증거가 될 수는 없소."

이리하여 성자가 말했다.

"내 말이 맞으면, 증거는 천국에서 곧장 내려올 것이오!"

말이 끝나자마자 천둥 같은 목소리가 어리석은 현자들을 향해 쩡쩡 울렸다.

"성자의 말이 맞도다. 그의 말을 들어라!"

그러자 어리석은 현자 한 명이 일어나 말했다.

"알았소, 10 대 2요!

바보 아닌 바보

어느 날 바보가 고명한 수도승에게 물었다.

"전 제가 바보라는 걸 알고 있는데요, 한데 그래서 어떻게 해야 할지를 모르겠어요."

수도승이 답했다.

"하지만 네가 바보라는 걸 알고 있다면, 분명 넌 바보가 아닐 것이다."

"그렇다면 왜 사람들이 저더러 바보라고 할까요?"

바보는 물었다. 잠시 후 수도승은 답했다.

"오로지 다른 사람의 생각을 바탕으로 자신을 판단한다면, 분명 넌 바보로구나."

행복을 찾아서

한 수도승이 여행을 하다가 어깨가 축 처진 남자를 만났다. 수도승이 그 남자에게 물었다.

"무슨 일이오?"

"더 이상 살고 싶은 마음이 없습니다."

남자는 말했다.

"전 돈도 많이 벌었고, 원하는 곳은 어디든지 갈 수 있습니다. 하지만 더 이상 제게 관심을 불러일으키는 곳이 없군요. 더 이상 얻고 싶은 것도, 추구하고 싶은 것도 없습니다."

이 말을 들은 수도승은 허리를 굽혀 남자의 여행가방을 들고 도망치기 시작했다. 당연히 남자는 수도승을 쫓아갔지만, 수도승이 더 빨랐다. 그는 곧 남자를 멀리 따돌린 후, 멈춰 서서 그가 오기를 기다렸다. 숨이 턱에 닿은 남자가 땀투성이로 터벅터벅 다가오는 모습은 아까보다 훨씬 더 비참해 보였다. 하지만 가방을 보자마자 달려들어 물건들이 안전한 것을 확인하는 그의 얼굴은 행복에 가득 차 있었다.

깃털 뽑힌 닭

매우 현명한 수도승이 있었다. 그 수도승은 항상 이웃의 실수나 약점에 대해 떠들고 다니는 어떤 부인의 나쁜 버릇을 고쳐준 일이 있었다. 수도승은 그 부인에게 시장에 가서 닭을 한 마리 사다 달라고 부탁했다. 그리고 오는 길에 그 닭의 깃털을 모두 뽑아 버리라고 했다.

그 부인이 닭을 가져오자, 수도승은 그녀를 칭찬하며 한 가지 더 부탁했다.

"이제 닭은 여기에 놓고 가서 닭의 깃털을 모두 주워 다 주시겠소?"

그날은 바람이 유난히 부는 날이었다.

그 부인은 울상이 되어 말했다.

"그건 불가능한 일이에요. 바람이 깃털을 사방으로 날려 보냈거든요."

수도승은 잠시 후 진지한 표정을 지으며 말했다.

"당신이 남을 험담한 것도 어디론가 날아가 버려 다시 되돌려 놓을 수가 없습니다."

바보의 지혜

한 성자의 제자 중에 바보가 있었다.

그는 머리가 좋지 않아 무슨 말을 해도 좀체 알아듣지를 못했다.

성자는 어느 날 그 바보에게,

"너는 머리가 좋지 않아서 어려운 것을 기억할 수 없을 터 이어귀나 읽도록 하라"

쉽고 간단한 어귀를 일러 주셨다.

"행동하고 말하고 마음 씀에 있어 악으로 하지 말며, 오직 바른 생각만 하여라."

그러나 바보는 이 간단한 어귀조차도 외울 수가 없었다. 그래서 자기의 우둔함을 한탄한 나머지 하루는 성자를 찾아가 말씀드리기를,

"스승님, 저는 아무래도 바보 천치임에 틀림없습니다. 저는 도저히 스승님의 제자 되기가 어려울 것 같습니다."

이 말을 들은 성자는

"바보이면서도 스스로 바보인 줄 모르는 사람이 진짜 바보다. 너는 스스로 바보인 줄 알고 있으니 진짜 바보가 아니다."

좀체 이해 못하는 사람

이제 막 수도를 시작한 젊은 수도자가 나이 든 성자에게 물었다.

"도(道)가 무엇입니까?"

"무심(無心)이 바로 도네"

"저는 이해가 잘 안 갑니다."

"그대가 할 일은 이해 못하는 사람을 이해시키는 일일세"

"이해 못하는 사람이 누굽니까?

"다름 아닌 바로 자네일세."

인생의 최고 목표는 행복하게 사는 것이다. 사람들은 누구나 행복하게 살고 싶다. 또 그러기 위해 열심히 일한다. 그러나 막상 행복이 뭐냐고, 잘 사는 것이 뭐냐고 거기에 대하여 분명하게 대답하는 사람이 많지 않다. 그건 당연한 것이고 으레 아는 것이므로, 묻는 것이 이상스럽다는 반응이다.

수행자와 처녀

시냇가에서 아리따운 처녀가 물을 건너지 못해 어쩔 줄 몰라 하며 발을 동동 구르고 있었다.

마침 길을 가던 성자와 그를 따르는 젊은 수도승이 그곳을 지나가게 되었다. 처녀는 부끄러움을 참으며 젊은 스님에게 도움을 구했다. 그러자 젊은 스님은 처녀에게 정색을 하며 화를 내었다.

"우리는 수행을 하는 사람입니다. 그래서 여자를 가까이 하면 내쫓김을 당하는데 어찌 젊은 처자가 그런 요구를 하십니까?"

난처해진 처녀는 성자에게 다시 도움을 청했다. 그러자 성자는 선뜻 등을 내밀며 "그거 어려울 것 없소이다."라고 말했다.

성자는 처녀를 등에 업어다 건너편에 내려주고는 계속해서 갈 길을 갔다. 그러나 뒤따라가는 젊은 스님의 마음에는 갈수록 온갖 의심이 생겨나기 시작했다.

"혹시 땡중이 아닐까?"

젊은 스님은 자기의 성자에게 따지고 싶었지만 이를 꾹 참고 십리 길을 더 갔다. 마침내 젊은 스님은 더 이상 참지 못하고 "스님, 어찌 그럴 수 있단 말입니까? 수도하는 수행자가 어떻게 젊은 여자를 업을 수 있습니까?"하고 따지며 대들고 말았다.

젊은 제자의 화난 목소리를 듣던 성자는 이렇게 말했다.

"에끼 이놈! 나는 벌써 그 처자를 냇가에 내려놓고 왔는데, 네놈은 아직도 그 처자를 업고 있느냐?"

물속의 깨달음

한 성자가 있었다. 어느 날 한 젊은이가 그를 찾아왔다. 젊은이는
성자에게 다가가 이렇게 물었다.
"어떻게 하면 깨달음을 얻을 수 있습니까?"
질문을 받은 성자는 젊은이를 끌고 강의 가장 깊은 곳으로 가서
물속으로 쳐 박아 버렸다. 그런 후, 물속에서 숨이 막혀 버둥거리
다가 탈진 상태가 되어서야 그 젊은이를 끌어내었다.
"왜 이러시는 겁니까?"
화가 난 젊은이가 물었다. 성자는 젊은이를 향해 미소 지으며 다
음과 같이 말했다.
"그대가 물속에서 버둥거리는 동안 호흡할 수 있는 공기를 간절히
원하였던 것 같이 깨달음을 얻을 때에 비로소 깨달음을 얻을 수
있다."

사자와 강아지

무더운 한여름, 가만히 있어도 더위를 이기기 어려운데 한 수행자가 불을 지펴놓고 그 앞에서 불을 쬐고 있었다. 그러니 온몸에서 땀이 비 오듯 흘러내릴 수밖에 없었다. 그곳을 지나가던 스님 한 분이 말했다.

"당신은 어찌하여 이 무더운 한낮 더위에 불을 피워놓고 있습니까?"

그러자 수행자가 말했다.

"저는 지금 고행의 수련을 하고 있습니다."

"하하하, 그대는 정작 쬐일 것은 쬐지 않고 필요 없는 것만 쬐고 있구려."

수행자가 벌컥 화를 냈다.

"쬐일 것과 쬐지 않을 것은 도대체 무엇이란 말씀입니까?"

"쬐일 것은 당신의 마음입니다."

"나의 마음이라고요? 그게 무슨 뜻입니까?"

스님이 정색을 하며 말했다.

"말이 끄는 수레가 있다고 합시다. 그 수레는 곧 몸이고 마음입니다. 그러나 수레가 어느 곳에 가기 위해서는 그곳으로 가려고 하는 마음이 있어야 합니다. 비유로 한 가지 더 말씀드리지요. 사자와 강아지에게 똑같이 활을 쏜다면 그들의 반응이 어떻겠습니까?"

수행자가 아무 말도 하지 않자 스님이 말했다.

"사자에게 활을 쏜다면 사자는 활을 쏜 사람을 향해 달려들 것입니다. 그러나 강아지는 날아온 활을 물어뜯기 만 할 것입니다. 이것 역시 마음상태의 차이에서 오는 반응입니다."

물의 공덕

무더운 여름 날, 어떤 젊은이가 도를 닦기 위하여 깊은 산 속에 은거하고 있는 성자를 찾아갔다. 험한 산길을 걷다보니 온 몸은 땀으로 흠씬 젖었다. 젊은이는 도사를 뵙기 전에 땀으로 젖은 얼굴을 씻으려고 마당을 살폈다. 마침 마당 한 구석에 산골짜기를 흐르는 물을 긴 대롱으로 받아 담기게 하는 통이 있었다. 젊은이는 곁에 있는 세숫대야에 물을 가득 퍼 담아 얼굴을 씻었다. 그런 다음 그 물을 마당에 홱 뿌렸다. 그 때, 도사가 방문을 열고 나오면서 물었다.

"그대는 왜 이곳에 왔는가?"

그 말에 젊은이는 공손히 인사하며 대답했다.

"예, 성자의 제자가 되어 도를 닦으려고 왔습니다."

"그렇다면 이 길로 당장 산을 내려가게"

"아니 그 말이 어인 말씀이십니까?"

젊은이가 어리둥절하여 반문하자 성자는 큰 소리로 꾸짖었다.

"그대는 한 대야의 물도 제대로 쓸 줄 모르는데 그 어찌 어려운 도를 닦겠다는 말인가!"

그런 도사의 꾸중에 젊은이는 반문했다.

"성자님 저의 잘못이 무엇입니까?"

그러자 성자가 대답했다.

"그대는 세수한 물을 그대로 버리지 않고 또 다시 쓸 줄 아는 아낌이 없다. 발을 씻고 걸레를 빨고 화초밭에 뿌리면 한 대야의 물이 얼마나 많은 공덕을 쌓겠는가?"

신의 손

한 성자가 제자 한 명과 여행을 떠났다. 제자는 그들이 타고 간 낙타를 돌보기로 하였다. 날이 저물었다. 여행에 지친 두 사람은 사막에서 쉬기로 하였다. 제자는 낙타를 잘 돌볼 의무가 있었다. 그러나 제자는 낙타를 그냥 놔둔 채 신에게 기도만 하였다.

"신이여, 낙타를 돌봐주소서"

그리곤 지쳐서 그만 잠이 들고 말았다. 아침에 일어나 보니 낙타는 온데간데없었다. 낙타가 제 발로 어디를 간 것인지 아니면 도둑을 맞은 것인지 어쨌든 낙타가 보이지 않았다. 스승이 물었다.

"얘야, 낙타는 어디 있느냐?"

제자가 대답했다.

"글쎄요, 저도 모르겠는데요. 어제 낙타를 좀 돌봐달라고 신께 맡겼거든요, 그리고 너무 피곤해서 그대로 잠이 들었어요. 어쩐 일인지 모르겠어요. 어쨌든 제가 책임질 일은 아닌 것 같아요, 전 신에게 맡겼거든요. 스승님께서도 신을 믿으라고 하셨잖아요. 그래서 전 그저 믿었을 뿐이에요."

스승이 기가 찬 표정을 지으며 말했다.

"신을 믿되, 우선 낙타를 잘 묶어둬야 하잖니? 신은 너와는 달라. 그분은 손이 없잖아!"

훨씬 더 거칠고 사납지 않은가?

한 성자가 들판에다 양을 기르고 있었다. 그 양들은 들이받기를 좋아해서, 사람만 나타나면 쫓아가서 뿔로 받곤 하였다. 성자의 제자들은 여간 걱정이 아니었다.

어느 날 제자들은 성자를 찾아가서 말했다.

"성자님, 양들은 모두 수놈이라서, 거칠고 사납습니다. 저희들이 그놈들을 거세시키고자 하니 허락하여 주십시오. 그러면 성질이 온순해질 것 같습니다."

그 말을 듣던 성자는 웃으면서 말했다.

"자네들은 아직 모르는군. 임금을 모시는 사람들을 보게. 모두 거세를 당하여 사나이의 성을 갖지 않았지만, 사나이들보다 훨씬 더 거칠고 사납지 않은가?"

적당한 때를 기다림

가르침을 받으려고 입문한 제자가 성자에게 말했다.

"스승님, 저는 한시 바삐 진리를 깨우치고 싶어 견딜 수가 없습니다. 그러니 지금 당장 제게 진리를 가르쳐주십시오."

"내가 보기에 너는 아직 때가 이르지 않았다."

"스승님, 어떤 때를 말씀하시는 겁니까?"

"듣거라, 농부가 들판에 씨를 뿌릴 때가 있듯이 가르침에도 때가 있는 법이다. 집에 곡식이 벌어졌다고 해서 어느 농부가 겨울의 꽁꽁 얼어붙은 땅에다 씨를 뿌리겠느냐? 그리고 씨를 뿌렸다한들 싹이 트고 열매가 열리겠느냐, 무슨 일이든지 조급하게 서두르는 것은 결과가 좋지 않다. 조급한 마음은 일의 전체를 보지 못하는 것이다. 느긋한 마음으로 여유를 가지고 원만하게 일을 처리마라. 모든 일에는 나름대로의 순리와 질서가 있는 법이다."

듣기만 하는 사람들도 그와 같다

어떤 사람이 한 성자에게 물었다.
"위대한 스승의 가르침을 들어도 진리를 깨닫지 못하는 이들이
많습니다. 여전히 남들처럼 싸우고 탐욕을 부리고 하는 것은 왜
그렇습니까?"
성자가 말했다.
"위대한 스승의 가르침을 듣는 것만으로는 알 수 없다. 고용인이
밤낮없이 남의 돈을 세어도 자신은 반 푼도 차지할 수 없듯이 듣
기만 하는 사람들도 그렇다. 장님이 그림을 그려 남들에게 보일지
라도 자기 자신은 볼 수 없듯이 듣기만 하는 사람들도 그와 같다.
맛있는 음식이 가득 놓여 있어도 먹지 않으면 굶어 죽듯이 듣기
만 하는 사람들도 그와 같다."

거기에다 무엇을 더 담을 수 있겠소

학식이 많은 유명한 학자가 하루는 덕이 높은 성자를 찾아가 단도직입적으로 물었다.

"성자님, 선이란 어떤 것입니까"

성자는 한눈에 그 학자의 교만한 마음을 꿰뚫어보고, 아무 말 없이 학자의 찻잔에 넘치도록 차를 따랐다. 성자의 그런 행동에 학자가 짜증을 내며 말했다.

"성자님, 찻물이 넘쳐흐릅니다. 이제 그만 따르십시오!"

학자의 말에 비로소 성자가 입을 열었다.

"지금 넘치는 것은 찻물이 아니라 교만한 당신의 마음이오. 당신이 그 마음을 비우지 않는 이상 거기에다 무엇을 더 담을 수 있겠소."

마음속에서 원하기 때문이다

한 성자가 있었다. 그는 날마다 이렇게 외쳤다.

"신이여, 당신은 항상 제가 원하는 모든 것을 내려주십니다."

어느 날 성자와 제자들과 함께 성지 순례를 떠났는데 강도를 만나 가진 것을 모두 털리고 며칠 동안 굶주리게 되었다.

그런데도 성자는 기도를 끝내고 크게 외쳤다.

"신이여, 당신은 항상 제가 원하는 모든 것을 내려주십니다."

한 제자가 더 이상 참을 수가 없어 성자에게 말했다.

"성자님, 도대체 신에게 무엇이 감사하다는 것입니까"

제자의 항변에 성자는 웃으며 말했다.

"지난 며칠 동안 우리가 굶주리고 목말랐던 것이 바로 우리들이 신에게 원했던 것들이다. 세상의 모든 일들은 우리가 그것을 마음속에서 원하기 때문에 일어나는 것이다."

같은 말도 다르게 들린다

성자는 설법을 마치면 매일 밤 제자들에게 이렇게 말하곤 했다.
"자, 이제 시간이 되었다. 그대들은 돌아가서 마지막 중요한 일을
하도록 하라. 잠자리에 들기 전에 절대로 그 일을 잊으면 안 된다."
그것은 잠들기 전에 반드시 명상수행을 하라는 뜻이었다. 그런데
그날 밤 도둑과 창녀가 법회에 참석했다. 성자가 이제 시간이 되
었으니 가서 잠자리에 들기 전에 그 마지막 일을 행하라고 말하자
창녀는 이렇게 생각했다.
"어머! 내가 여기에 와 있다는 것을 어떻게 아셨을까? 지금부터 직
업에 매달려야 할 시간인데 어서 가서 일을 시작해야겠네."
그러자 도둑 역시 이렇게 생각했다
"지금 아무도 나를 알아보지 못할 만큼 어둠 속에 숨어있다. 그런
데 이분은 내가 도둑이라는 것을 알고 계신다. 그래서 내게 어서
가서 잠들기 전에 내가 할 마지막 일을 하라고 말씀하신 것이다.
세상에! 이분이야말로 보통사람이 아니다. 빨리 서둘러야겠다. 벌
써 내 일을 끝냈어야 할 시간 아닌가? 오늘밤에 잠들기는 다 틀렸
구나!"
다른 많은 사람들은 명상에 들어갔다. 그리고 창녀는 자신의 영업
장소로 나갔고, 도둑은 밤일을 하러 갔다. 성자는 한 가지를 말했
지만 듣는 사람들은 그 마음에 따라 여러 가지로 해석한 것이다.

죽은 사람에게나 물어보게

한 제자가 성자에게 찾아와 물었다.
"저는 아주 오랫동안 많은 책들을 찾아보았지만 정확한 답을 구하지 못했습니다. 말씀해 주십시오. 도대체 죽은 뒤에는 일이 일어나는 것입니까?"
성자가 대답했다.
"그런 것은 죽은 사람에게나 물어보게. 나는 살아 있는 사람이야. 나는 삶에만 관심이 있지 죽음에는 관심이 없다네,"

세상에서 가장 즐거운 것은?

깊은 산속 조그만 암자에 마음의 즐거움이 곧 최상의 행복이라는 것을 깨달은 성자가 있었다. 어느 날 성자는 마을로 탁발을 내려왔다가 마침 그 마을의 잔칫집에 들르게 되었다. 마을 사람들은 성자를 위해 자리를 마련하곤 빙 둘러앉아 여러 가지 질문들을 던졌다.

그중 한 사람이 성자와 마을 사람 모두에게 물었다.

"여러분, 이 세상에서 가장 즐거운 것은 과연 무엇이겠습니까?"

한동안 생각에 잠겼던 사람들은 너나 할 것 없이 번갈아 대답했다.

"술이 아닐까요?"

"노래가 제일 즐겁지요?"

그 대답은 꼬리에 꼬리를 물고 계속 이어졌다.

"돈이라고 생각합니다."

"무엇보다 사랑이 제일이지요?"

"힘 있는 권력이 아닐까요?"

"명성 또한 그에 못지않습니다!"

그렇게 한참을 떠들던 사람들이 어느 순간, 그때까지 아무런 말도 없이 앉아 있는 성자를 일제히 바라보았다. 사람들의 시선을 의식한 성자가 자리에서 일어나며 나직하게 말했다.

"여러분들이 즐겁다고 생각하는 것은 알고 보면 처음에는 즐겁지만 나중에는 괴롭기만 한 고통의 원천입니다. 진정한 즐거움이란, 마음이 가난해서 욕심이 없고, 행실을 바르게 해서 선행을 쌓는 것이랍니다."

부자의 조건

부자가 되고 싶은 청년이 있었다. 그러나 아무리 궁리를 해 봐도 부자가 될 수 있는 방법이 떠오르지 않았다. 그래서 인근에 있는 아주 유명한 수도승을 찾아갔다.

"부자가 될 수 있는 방법을 좀 가르쳐 주세요."

"왜 부자가 되고 싶은 거니?"

"부자는 무엇이든지 할 수 있잖아요? 갖고 싶은 건 언제나 살 수 있고."

"글쎄, 꼭 그런 것만은 아닐텐데. 부자란 무언가 남에게 줄줄 아는 사람이라 난 생각하는데."

그러자 그 청년은 풀이 죽었다. 아무 것도 가진 것이 없는 자기로서는 도저히 불가능한 일이었기 때문이었다.

"네가 줄 수 있는 건 많이 있어. 저 밭은 너의 땀을 원하고 있고, 사람들은 또 그 밭에서 나는 곡식들을 원하고 있어."

성자의 그러한 가르침에 청년은 당장 밭으로 달려 나가 땀을 흘리게 되었다. 실제로 청년은 부자가 될 수 있었다. 그리고 그 밭에서 나는 곡식들을 이웃에게 나누어줄 줄도 아는 마음의 부자도 될 수 있었다.

다시 한 번 보여줄 수 없겠니?

한 중이 자라를 삶아 먹으려고 솥에 물을 끓였다. 그 중은 그나마 불심이 남아 있어 살생했다는 소리는 듣기 싫어 한 가지 방법을 생각해 냈다.

그 중은 펄펄 끓는 솥 위에 가느다란 나뭇가지를 걸쳐놓고 자라를 그 위에 올려놓으며 말했다.

"자라야, 네가 이 나무 가지를 무사히 건넌다면 너를 살려주마.·····"

자라는 온갖 정성을 기울여 조심조심 그 나뭇가지를 건넜다. 그러자 그 중이 자라를 다시 돌려놓으며 말했다.

"참으로 솜씨가 뛰어나구나. 다시 한 번 그 솜씨를 내게 보여줄 수 없겠니?"

명성과 미친 짓

한 수도자가 성자를 찾아갔다. 그가 말했다.

"사람들이 나를 스승으로 모시겠다고 야단입니다. 나는 견딜 수가 없어요. 나로 말하면 스승이 되겠다고 수행을 한 것이 아니거든요. 나는 명성 따위에 관심이 없습니다. 어떻게 해 볼 수가 없겠습니까?"

성자가 권했다.

"좋은 약이 있지요. 그런 고통을 없애는 데는 미친 짓을 좀 하는 것이 특효약입니다."

그러자 수도자는 눈을 크게 뜨더니 소리쳤다.

"미친 짓을 어떻게… 그래도 내 명성이 있는데요?"

그런데 금이 어디 있느냐?

어느 날, 노스승이 제자들을 모두 마당에 모았다. 그리고는 한 제자에게 마당에 동그라미를 그리라고 했다. 제자는 시키는 대로 꼬챙이를 들고 마당에 둥근 원을 그렸다. 그리고는 이제 스승이 물었다.

"지금 너희들은 동그라미 속에 들어가면 죽고 동그라미밖에 있어도 죽는다. 어떻게 하면 목숨을 부지할 수 있겠느냐?"

제자들은 한참을 생각하다가 어느 제자가 말했다.

"혹시 금을 밟고 있으면 어떤가요?"

스승이 제자들에게 말했다.

"물이 담긴 항아리가 물속에 있으면 그 항아리의 안도 물이요 밖도 물이거늘 그런데 금이 어디 있느냐?"

이제 시간이 많이 지나갔을 때 평소에는 별로 눈에 띄지 않던 제자가 나와 동그라미를 두 손으로 지우는 것이었다. 노스승이 그제야 마당으로 시선을 보내며 흡족한 듯 고개를 끄덕였다.

그러면 됐지 않습니까?

몹시 추운 겨울 등산을 갔던 사람들이 그만 길을 잃어 버렸다. 그래서 한참을 헤매다가 어느 절을 발견하고는 들어가서 추위를 피하는데 여전히 추워서 땔감을 찾았다. 그런데 땔감은 보이지 않고 법당 안에 나무로 만든 불상이 놓여 있었다. 그는 불상을 들고 나와 도끼로 쪼개 불을 지폈다. 그 광경을 본 승려들이 불 주위로 모여 들었다. 한 승려가 질겁하면서 소리쳤다.

"아니 이런 미친놈을 봤나. 부처님을 쪼개 불을 지피다니."

그 남자가 나무로 장작을 뒤적이면서 말했다.

"보시다시피 지금 사리를 찾고 있는 중입니다."

노스님의 얼굴이 붉어졌다.

"뭐라고? 이놈 나무토막에서 무슨 사리가 나오느냐?"

그가 빙그레 웃으며 대답했다.

"그러면 됐지 않습니까? 나무토막을 태워 추위를 녹였으니……"

욕심, 욕심, 욕심

성자가 여러 제자들과 함께 길을 가고 있었다. 어느 산모퉁이를 돌다가 성자는 갑자기 길을 피해 풀 속으로 들어갔다. 그 뒤를 따르던 제자들도 말없이 성자의 뒤를 따르긴 했으나 몹시 궁금했다. 제자가 물었다.

"성자님 왜 길을 버리고 풀 속으로 들어가십니까?"

성자가 말했다.

"이 앞에 도적이 있어서이다. 우리들 뒤에 따라 오는 세 바라문은 그 도적에게 잡혀 죽을 것이다."

성자의 일행보다 뒤처져서 따라 오던 다른 수행자들은 길에서 금이 있는 것을 발견하고 세 사람이 똑 같이 나누어 가졌다. 그들은 길을 계속 가다가 어느 마을 옆을 지나게 되었다. 누군가가 말했다.

"배가 몹시 고프니 마을에 가서 밥을 사 와서 먹고 가자."

한 사람이 밥을 사러 가면서 생각했다.

'두 사람을 없애면 저 금은 모두 내 것이 된다.'

그는 밥에다 독약을 넣어 가지고 돌아오고 있었다. 밥을 기다리던 두 사람도 음모를 꾸몄다.

"저 자를 죽이고 저 자의 몫을 둘이 나누자."

"좋다."

밥을 가지고 온 수행자 두 사람에 의해 죽임을 당했다.

그리고 밥을 먹고 난 두 사람도 차례차례 쓰러졌다.

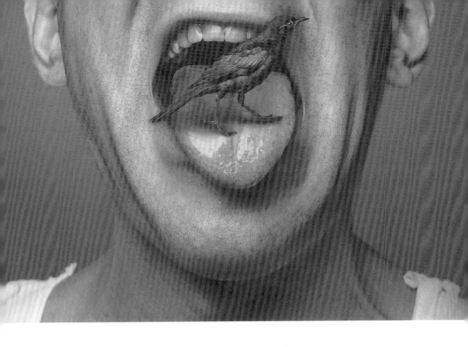

이 멍텅구리야!

어떤 수행자가 성자를 찾아왔다. 성자가 수행자에게 물었다.
"어디서 왔는가?"
이 물음에 찾아온 수행자는 '할!'을 했다.
그러자 성자가 말했다.
"허허, 내가 한 번 당했군."
그러자 그 수행자가 또 '할'을 했다.
그러자 성자가 말했다.
"세 번, 네 번, '할' 한 뒤에는 뭐 할래"
그 수행자가 대답을 못 하고 머뭇거리자 성자가 곧 후려치며 말했다.
"이 멍텅구리야!"

개들은 왜 팔려갔는가?

어느 날 존경받는 성자가 아침밥을 먹고, 집 문 앞에서 한가롭게 산보를 하고 있을 때였다. 옆집 사람이 기르던 개 두 마리를 둘러메고 서쪽으로 가는 것이 보였다. 성자는 그 사람의 행동이 궁금하여 큰소리로 그 옆집 사람을 불러 세워 놓고 물었다.

"자네, 아침부터 개를 둘러메고 어디를 그렇게 서둘러 가는가?"

그러자 그 사람이 대답했다.

"보신탕집에 팔아 버리려고요"

성자가 말했다.

"이 개들은 자네 집을 지키며 자네를 따르는 놈들이 아닌가!"

그러자 옆집 사람은 참았던 울화를 터트리며 설명했다.

"이놈들이 글쎄 어젯밤에 도둑이 온 집안을 설치고 다니는 동안 꽁무니를 빼고 한쪽 구석에 웅크리고 앉아 먹을 것이나 찾고, 한 놈도 짖지 아니하였습니다. 그러더니 오늘 아침에는 대문을 열어 놓으니. 오는 사람 가는 사람 가리지 아니하고 막 짖어대고, 두 놈이 함께 나가서 함부로 사람을 물었습니다. 결국에는 우리 집에 찾아오던 아주 고귀한 손님을 물어 상처를 입혔습니다. 그래서 팔아버리려고 하는 것입니다."

성자는 그 사람의 말에 대답했다.

"좋습니다."

내 자신을 다루다니요?

재주가 매우 뛰어난 한 젊은이가 있었다. 그는 무엇이든 한번만 보면 그대로 익힐 수 있었다. 그는 자신의 총명을 굳게 믿고 이렇게 다짐했다.

"내 반드시 천하의 기술을 다 통달하고 말리라!"

그는 사방팔방을 돌아다니며 여러 스승 밑에서 온갖 기술을 배우고 익혔다. 의약, 천문, 지리, 그리고 무너지는 산과 땅을 누르는 법, 축지법, 도박과 장기 등 별의별 기술을 다 배우고 익혔다.

"사내로서 이만하면 되겠지!" 하고 생각한 젊은이는 자만에 차서 인도를 가게 되었다. 어느 날, 탁발을 하는 한 수행자를 만나게 되었는데. 처음 보는 그의 모습에 이상하게 끌렸다. 그래서 이 수행자에게 젊은이가 물었다.

"당신은 어떤 사람입니까? 당신은 다른 사람과 무엇이 다릅니까?"

수행자가 대답했다.

"나는 내 자신을 다루는 사람이오."

"아니, 내 자신을 다루다니요? 무엇을 가리켜서 자신을 다룬다고 합니까?"

수행자가 대꾸했다.

"젊은이. 활 만드는 사람은 활을 잘 다루고, 뱃사공은 배를 잘 다룰 줄 알며, 목수는 나무를 잘 다루지 않던가? 그러나 지혜로운 자는 자신을 다룬다네. 자신을 잘 다룰 줄 알면, 비난과 칭찬에도 흔들리지 않고 깊은 연못처럼 늘 맑고 고요하며, 진리를 듣고 마음을 빨아 그 마음에 늘 천국을 이루지. 이제 내 말뜻을 아시겠는가?"

네놈이 보물 창고가 아니란 말이냐?

어떤 젊은 수도승이 많은 사람들에게 존경받는 스승을 찾아갔다.

"어디서 왔는고?"

스승이 그를 보자마자 다짜고짜 물었다.

"이 곳에서 멀리 떨어진 남쪽에서 왔습니다."

수도승이 공손히 대답했다.

"뭐 하러 왔는고?"

"진리가 무엇인지 알고자 왔습니다."

수도승의 대답이 끝나기 무섭게 스승이 큰 주먹으로 수도승의 이마빡을 갈기며 고함을 질렀다.

"야, 이 미친놈아! 네 놈의 보물 창고를 감춰두고 그것도 모자라서 남의 보물을 빼앗으려는 게냐? 욕심 많은 놈 같으니라고!"

스승의 느닷없는 고함소리에 수도승은 잠시 당황했다.

"보물이라니? 가진 것이라고는 낡은 옷 한 벌에 밥그릇 하나뿐인데, 스승님, 제게 무슨 보물 창고가 있다고 그러십니까?"

수도승이 울먹이는 목소리로 항변하듯 말했다.

"그러면 네놈이 보물 창고가 아니란 말이냐?"

스승의 이 말을 듣고 수도승은 불현듯 깨달음을 얻었다.

나는 나 자신을 알고 있다

한 수도승이 어느 부잣집의 대문을 두드렸다. 그가 원하는 것은 단지 음식을 얻어먹는 것이었다. 부자는 그에게 고함을 질렀다.

"이곳에는 너를 아는 사람이 아무도 없다."

그러자 이 수도승은 중얼거렸다.

"나는 자신을 알고 있다. 하지만 그의 반대가 진실이라면 얼마나 비통한 일이겠는가? 모든 사람이 나를 아는데, 나 스스로는 내가 누구인지 알지 못한다면 얼마나 슬플 것인가? 당신의 말은 옳다. 아무도 나를 알지 못한다. 그러나 나는 나 자신을 알고 있다."

지금 무엇을 하고 있는가?

어느 날 밤 한 학자가 문 앞에 쭈그리고 앉아 항아리 속을 들여다보고 있었다. 그때 마침 고명한 수도승이 그 앞을 지나가다가 그 학자의 행동을 바라보고 이상하게 여겨 물었다.
"지금 무엇을 하고 있는가?"
학자가 대답했다.
"물 항아리 속의 달을 바라보고 있습니다."
수도승이 미친 듯이 웃기 시작했다. 학자는 기분이 꺼림칙해졌고 이윽고 그 소리에 군중이 몰려들었다. 학자가 물었다.
"무슨 일입니까? 당신은 왜 그렇게 웃으며 나를 조롱합니까?"
수도승이 말했다.
"네 목이 부러지지 않았다면 왜 곧장 하늘의 달을 쳐다보지 않는가?"

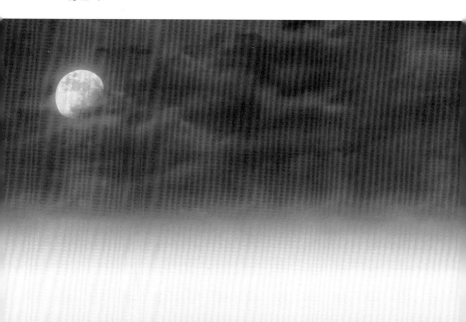

신이 없는 곳

한 성자가 20명의 제자를 두었다. 그런데 성자는 제자 한 사람만 너무 편애한다고 다른 제자들은 불평이 대단하였다. 어느 날 성자는 20명의 제자들을 모두 불러들였다. 그리고는 한 사람이 한 마리씩의 새를 가져오라고 시험했다. 성자는 제자들에게 그 새를 아무도 보는 이가 없는 곳에 가서 죽여 가지고 오라고 분부하였다. 그것이 제자들에 대한 시험이라는 것이었다. 제자들이 다시 돌아왔다. 그들이 돌아왔을 때, 19명의 제자가 죽은 새를 들고 왔다는 것이 확인되었다. 그런데 한 제자만이 새를 죽이지 못하고 그냥 살아있는 새를 들고 돌아왔다. 그 제자는 다른 19명으로부터 성자의 사랑을 독차지하고 있다고 불평을 받고 있는 제자였었다. 성자는 그에게 물었다.

"너는 왜 새를 죽여 가지고 오지 않았느냐?"

그가 말했다.

"성자님께서는 아무도 보는 이가 없는 곳에 가서 새를 죽이라고 하셨습니다. 그렇지만 그런 곳은 없었습니다. 저는 숲 속으로 들어가 가장 은밀한 곳에서 새를 죽이려고 하였습니다만, 그곳에도 신은 계셨습니다."

성자는 다른 제자들을 돌아보았다. 제자들의 표정은 부끄러움으로 벌겋게 상기되어 있었다. 그 뒤로 19명의 제자들은 아무도 성자가 그 제자를 편애한다고 불평을 늘어놓지 않았다.

주인공아!

어떤 곳에 사는 유명한 성자가 날마다 방 앞마루에 걸터앉아 먼 산을 바라보면서 자문자답하였다.

"주인공아!"

"예."

"정신을 차려라."

"예."

"뒷날에도 남에게 속지 마라."

"예."

이 성자가 매일같이 부르고 답한 주인공은 바로 나의 참된 모습이다.

나는 나와 함께 살아왔고 지금도 나는 이 주인공과 함께 살아가고 있다. 이 주인공은 나를 잠시도 떠난 적이 없었다. 그래서 나라는 존재는 스스로 세상의 주인공으로 여기고 정신을 차리고 내 자신을 속이지 않는 것은 물론 다른 사람들도 속이지 말고 살아야 한다.

확실히 당신의 말이 옳았소

한 성자가 수도여행 중에 배를 타게 되었다. 배의 손님들은 거의가 큰 부자들이었다. 그들은 서로 자신들의 재산을 자랑하고 있었다. 그러자 성자가 말했다.

"내가 제일 부자라고 생각하고 있지만, 지금은 내 재산을 여러분에게 보여줄 수가 없소."

마침 그때 해적이 배를 습격했다. 부자들은 금은보석 등 자기들의 모든 재산을 잃었다. 해적이 사라진 뒤, 간신히 배는 어떤 알지도 못하는 항구에 닿았다. 성자는 곧 학식과 교양이 높다는 것이 항구 사람들에게 인정되어 학교에서 학생을 모아 가르치기 시작했다.

얼마 뒤 이 성자는 배에서 함께 여행했던 지난날의 부자들과 만났으나, 모두 비참하게 가난뱅이가 되어 있었다. 부자였던 사람들이 성자를 보며 말했다.

"확실히 당신의 말이 옳았소. 교양이 있는 자는 모든 것을 가지고 있는 것과 같군요."

거참, 바보짓을 하셨군

한 수도승이 성자를 찾아왔다. 그 사람은 대단한 능력을 가진 수도승이었다. 그 수도승이 성자에게 자신감 넘치는 어조로 말했다

"당신은 물 위를 걸을 수 있소? 난 할 수 있소."

성자는 한바탕 크게 웃고 나서 말을 했다

"아함, 그러지오? 그래 물 위로 걷는 법을 배우기 위해 얼마나 애를 쓰셨을까? 얼마나 많은 에너지와 시간을 들였소."

수도승이 선뜻 대답했다

"꼭 팔 년이 걸렸지."

성자가 말했다

"거참, 바보짓을 하셨군 그래. 뱃사공에게 동전 두개만 있으면 언제든지 강 건너로 데려다 주는데 팔 년 동안이나 그 짓만 했다니!"

어디 있습니까?

여행자가 유명한 성자를 방문했다. 그런데 놀랍게도 수도승은 단 칸방에서 살고 있었으며, 방안의 가구라고는 책상과 의자가 전부 였다. 여행자는 성자에게 인사를 하고 나서 조금 망설이다가 물었 다.

"가구는 어디 있습니까?"

그러자 성자가 되물었다

"손님, 당신의 가구도 역시 여기에 없지 않소."

여행자는 어이없다는 듯한 표정을 지으며 말했다

"아, 저는 이곳에 다니러 온 나그네이지 않습니까?"

그러자 성자가 빙그레 웃으며 말했다

"나도 이 세상에 다니러 온 나그네이지요."

그렇게 되는 줄을 모를 뿐이니라

한 성자가 제자들과 함께 길을 가다가 길에 떨어져 있는 묵은 종이를 보고, 제자를 시켜 그것을 줍게 하였다. 스승은 제자에게 그것은 어떤 종이냐고 물었다. 제자가 스승에게 말을 올렸다.

"이것은 향을 쌌던 종이입니다. 향기가 아직 남아 있는 것으로 보아 알 수 있습니다."

스승은 다시 길을 걷다가 길에 떨어져 있는 새끼를 보고, 그것을 줍게 하여 그것은 어떤 새끼냐고 물었다. 제자가 다시 말을 올렸다.

"그것은 생선을 꿰었던 것입니다. 비린내가 아직 남아 있는 것으로 보아 알 수 있습니다."

성자는 제자들에게 말했다.

"사람은 원래 깨끗한 것이지만, 모든 인연을 따라 죄와 복을 부르는 것이다. 어진 이를 가까이하면 곧 도덕과 의리가 높아가고, 어리석은 이를 친구로 하면 곧 재앙과 죄가 이르는 것이다. 저 종이는 향을 가까이해서 향기가 나고, 저 새끼는 생선을 꿰어 비린내가 나는 것과 같은 것이다. 사람은 다 조금씩 물들어 그것을 익히지마는 스스로 그렇게 되는 줄을 모를 뿐이니라."

램프가 바람으로 꺼지지 않았더라면

한 수도승이 여행을 하고 있었다. 그는 나귀와 개와 작은 램프를 갖고 있었다. 밤의 장막이 내려서, 그는 한 칸의 헛간을 찾아내어 그곳에서 잠자기로 했다. 그러나 아직 잠자기에는 이른 시간이어서, 그는 램프에 불을 켜서 책을 읽기 시작했다. 그러자 바람이 불어와서 램프의 불이 꺼져 버려 그는 할 수 없이 자기로 했다.

그날 밤 여우가 와서 개를 죽여 버렸고, 사자가 와서 나귀를 죽여 버렸다.

아침이 되자 그는 램프를 갖고 혼자서 쓸쓸히 출발했다. 근처 마을에 가까이 오자, 사람들의 그림자가 하나도 없었다. 그는 지난 밤 도적 떼들이 들이닥쳐 마을을 파괴하고 사람들을 몰살시켰다는 것을 알게 되었다.

수도승은 생각했다.

'만약 램프가 바람으로 꺼지지 않았더라면 도적에게 발견되었을 것이다. 개가 살아 있었더라면 개가 짖어대서, 도적에게 발견되었을 지도 모른다. 역시 나귀도 틀림없이 소란을 피웠을 것이다. 모든 것을 잃어버린 덕택으로 나는 도적에게 발견되지 않았다.'

수도승은 이렇게 생각하며 중얼거렸다.

"최악의 상태에서도 인간은 희망을 잃어서는 안 된다. 나쁜 일이 좋은 일에 연결되는 일도 있을 수 있다는 것을 알아야겠구나."

그 소풍은 언제쯤 가는 거죠

두 수도승이 있었다. 그들은 스승과 제자였다. 어느 날 스승은 열심히 일하는 제자를 격려하기 위해 이렇게 말했다.

"하루 날을 잡아 소풍을 가기로 하자."

며칠이 지나도 스승은 그 약속을 잊은 듯 소풍 갈 생각을 하지 않았다. 제자는 할 수 없이 스승에게 약속을 일깨웠다. 그러자 스승은 자신이 너무 바빠 당분간은 소풍을 갈 수 없다고 말하는 것이었다.

오랜 시간이 지났다. 소풍은 가지 않았다. 다시 한 번 제자는 스승을 일깨웠다.

"그 대단한 소풍은 언제쯤 가는 거죠"

스승은 말했다.

"지금은 안 된다. 난 지금 너무 바쁘다."

그러던 어느 날 제자가 마당에 서서 사람들이 시신을 운반하는 것을 구경하고 있는데, 스승이 와서 물었다.

"무슨 일이냐"

그러자 제자가 대답했다.

"저 불쌍한 남자가 이제야 소풍을 가고 있군요!"

언제 안으로 들어오겠느냐

깨달음을 얻는다는 신비의 문이 있었다. 한 성자가 깨달음을 얻기 위하여 그 문 안으로 들어섰다. 이른 아침이었다. 제자가 그 성자를 찾아왔다. 태양이 막 떠오르고 있었다. 새들이 노래를 부르기 시작했고, 나무들은 춤을 추었다. 참으로 아름다운 아침이었다.

제자가 그 문 앞에서 성자를 불렀다.

"성자님, 그 안에서 뭘 하세요? 얼른 나와 보세요. 신이 오실 만큼 아름다운 아침이에요. 성자님, 그 안에서 뭘 하세요"

그러자 성자가 웃으며 말하였다.

"제자야, 밖에는 신의 피조물만이 있는 거란다. 신 자신은 안에 있단다. 안으로 들어오지 않겠느냐? 그래. 참 아름다운 아침이란다. 하지만 모든 아침을 창조하는 창조주에 비할 순 없단다. 그래. 새들이 참 아름답게 노래하고 있지만, 신의 노래에 비할 순 없단다. 그 비할 데 없는 아름다움은 네가 안에 있을 때라야 일어날 거란다. 제자야, 왜 안으로 들어오지 않느냐? 아직도 바깥 세상에 미련이 남아 있느냐? 언제 안으로 들어오겠느냐?"

왜 그런 일을 하니?

한 수도승이 여행을 하던 중이었다. 어느 날 밤 갑자기 세찬 바람이 불며 산더미 같은 파도가 밀려와 해안 기슭을 때렸다. 다음날 아침 그는 일찍 일어나서 밤새 얼마나 많은 피해가 있었는지 알아보려고 해안가로 나갔다. 밤새 불던 바람도 자고 바다도 평온을 찾아 잔잔해져 있었다. 이리저리 거닐다 보니 해변에는 지난밤에 밀려들어 왔다가 나가지 못한 불가사리들이 바다에서 얼마 떨어지지 않은 곳에 가득히 뒹굴고 있었다. 구름에 가려져 있던 햇볕이 내리쬐기 시작하면 모래 위에 팽개쳐진 불가사리들은 말라죽을 것이 틀림없었다. 발걸음을 더 멀리 옮기고 있을 때 수도승은 우연히 한 어린 소년을 만나게 되었다. 그 소년은 허리를 굽혔다 폈다

하며 불가사리를 집어 바다 속으로 던지고 있었다.

"왜 그런 일을 하니……"

수도승은 불가사리를 열심히 주워 던지는 소년에게 가까이 다가가면서 물었다.

"너 혼자 아무리 열심히 해도 이 많은 불가사리를 저 바다 속으로 다 집어넣을 수 있다고 생각하지는 않겠지"

"네, 그래요"

소년은 간단히 대꾸하고는 여전히 허리를 숙여 다른 불가사리를 집어 올려 바다 속으로 던지면서 미소를 지었다.

"그렇지만 저는 방금 제가 던져놓은 그 불가사리에게는 분명히 변화를 일으켰다고 생각해요."

돌보다 장미꽃이 더 아프다

한 성자가 있었다. 그는 평생을 거지로 살면서 자신이 왕이라고 주장하다가 돌에 맞아 죽었다. 그런데 성자가 돌에 맞아 죽는 현장엔 그의 스승도 있었다. 이 스승은 깨달음을 얻진 못했지만 매우 명성을 떨치고 있는 자였다. 사람들이 성자에게 돌을 던지자 그 스승도 사람들의 눈치 때문에 뭔가를 던져야만 했는데 차마 돌을 던지지 못하고 장미꽃을 던졌다. 그러자 그때까지 돌을 맞으면서도 울지 않던 성자는 장미꽃을 맞자 슬프게 눈물을 흘렸다. 그래서 돌로 치는 것보다 장미꽃으로 치는 것이 더 아프다는 이야기가 생겼다.

나는 당신을 존경합니다

한 수도승이 있었는데, 그의 모습은 매우 초라했으나 마음만은 매우 순진하고 진실했다. 그 수도승은 일념으로 수도 생활에만 전념했다. 그 수도승은 길을 가다가 사람을 만나면 공손히 합장하고 이렇게 말했다.

"저는 당신을 공경합니다. 왜냐하면 당신은 미래에 부처가 될 것이기 때문입니다."

처음에 이런 말을 듣고는 모두가 정신이상자로 치부했다. 그러나 그는 하루에 열 번 만나면 열 번 다 똑 같은 말을 되풀이 했다. 나중에는 사람들이 불쾌하게 생각했다.

"뭣이 어째? 내가 부처가 될 것이라고? 이놈아 너나 부처가 되어라."

어떤 사람은 욕을 하기도 하고 아이들은 미쳤다고 돌을 던지기도 했다. 또 어떤 사람들은 몽둥이로 때리기까지 했다. 그러나 그 수도승은 조금도 화를 내거나 피하지 않고 공손히 절을 하며 말렸다.

"저는 당신을 존경합니다."

그 수도승은 온갖 박해와 수모를 받았으나 조금도 변함없이 남에게 예배를 했다. 세월이 흐르자 모든 사람들은 자신들의 잘못을 참회하고 그를 따르기에 이르렀다.

마음속까지 버려라

어느 날 한 어린 수행자는 잔기술을 부려서 만든 꽃 두 송이를 양
손에 들고 와서 성자에게 바치고자 하였다. 그 때 성자는 조용한
음성으로 수행자를 불렀다.

"애야!"

"예, 성자님."

"버려라."

수행자는 왼손에 든 꽃송이를 버리자 성자는 다시 말하였다.

"애야, 버려라"

이번에는 오른손에 든 꽃송이도 버렸다. 그러자 성자는 다시 말하
였다.

"애야, 버려라."

"성자님, 저의 두 손은 이미 비었습니다. 다시 무엇을 버리라 하시
나이까?"

"나는 너에게 그 꽃을 버리라고 한 것이 아니다. 너의 마음에 가
득 차 있는 번뇌 망상을 일시에 버려서 더 이상 버릴 것이 없게 될
때 너는 깨달음의 길을 걸을 수 있게 되느니라."

그 방이 마음에 드십니까?

한 수도승이 아주 부유한 사람의 집에 머물게 되었다. 부자는 그에게 자기 집에서 가장 좋다는 방을 내주었는데, 그 방은 가구들 때문에 매우 난잡했다. 그 방은 무수한 가구들로 꾸며져 있어서 실제로 방은 없었고 드나들기조차도 어려울 정도였다.

그가 수도승에게 물었다.

"그 방이 마음에 드십니까?"

수도승이 말했다.

"도대체 방은 없군요. 좋아하고 말고 할 것도 없습니다. 그럭저럭 들어갔다 나왔다 하지요. 이건 방이 아닙니다."

부자가 말했다.

"그게 무슨 뜻이죠."

부자는 가구들과 현대적인 가구들을 많이 수집해 놓고 있었다. 전축, 텔레비전, 등 모든 것이 갖추어져 있었으나 방은 없었다. 방에 대한 부자의 생각은 바로 그런 가구들로 채워져 있는 것이었다. 부자가 말했다.

"그렇지만 무엇이 부족한 게 있습니까? 텔레비전도 있고 전화도 있고 라디오, 전축도 있어요. 없는 게 뭐지요? 제게 말씀해 주시면 곧 주문하도록 하지요."

수도승이 말했다.

"내 말을 이해하지 못하는군요. 방에 대한 당신의 생각은 가구 명세서에 지나지 않는 거요. 방은 사면의 벽 안에 있는 빈 공간이지요."

도를 배우는 것도 그와 같다

한 제자가 밤에 경전을 읽고 있는데, 매우 구슬프고 마음에 뉘우침과 의심이 피어올라서 경전 읽기를 멈추고 집으로 돌아가려는 생각을 했다.

이때, 제자의 마음을 꿰뚫어 본 성자가 그 제자를 불러서 물었다.

"너는 집에 있으면서 무엇을 생업으로 삼고 있었더냐?"

제자가 대답했다.

"항상 거문고를 탔었습니다."

성자가 다시 물었다.

"줄이 느슨하면 어떻더냐?"

"소리가 나지 않지요."

"줄이 너무 팽팽하면 어떻더냐?"

"줄이 끊어졌습니다."

"줄을 좀 늦추고 조음이 알맞으면 어떻더냐?"

"여러 소리가 고르고 아름다웠습니다"

제자의 말을 듣고 난 성자가 미소를 지으며 말했다.

"도를 배우는 것도 그와 같아서 마음가짐이 고르고 알맞으면 도를 얻을 수 있느니라."

저런, 아직 있구먼, 그래

한 성자가 길을 떠나는데, 노인이 텃밭을 갈고 있었다. 지나는 길에 성자가 물었다.

"산중에 노인네 혼자 있다가, 사나운 범이라도 만나면 어쩌시려고…"

그러자 노인은 이미 깨달음을 얻은 것 같은 표정으로 먼 산을 보며 큰소리를 쳤다.

"이미 세상에 무엇 하나라도, 내 마음의 상대가 되는 걸 만날 수가 없다오."

성자가 가소롭다는 듯이 큰 소리로 침을 뱉었다.

"퉤."

그러자 노인도 질세라 더 큰 소리로 침을 뱉었다.

"퉤."

이에 성자가 빙그레 웃으며 말했다.

"저런, 아직 있구먼, 그래."

나를 위한 순간
– 지치고 힘들 때 읽는 성자 우화 100선

초판발행일 ㅣ 2021년 8월 31일
초판인쇄일 ㅣ 2021년 8월 31일

기획 ㅣ 이정순
엮은이 ㅣ 이정순
펴낸이 ㅣ 장문정
펴낸곳 ㅣ 도서출판 그림책
디자인 ㅣ 이정순 / 정해경
출판등록 ㅣ 제2010-000001
주소 ㅣ 경기도 수원시 영통구 원천동 광교호수공원로 45
연락처 ㅣ TEL(070)4105-8439

E-mail ㅣ khbang21@naver.com